AF870434

novum pro

JULIA LEPSCHI

Das Herz aus Licht

novum pro

Dieses Buch ist auch als
e-book
erhältlich.

www.novumverlag.com

Bibliografische Information
der Deutschen Nationalbibliothek:

Die Deutsche Nationalbibliothek
verzeichnet diese Publikation in
der Deutschen Nationalbibliografie.
Detaillierte bibliografische Daten
sind im Internet über
http://www.d-nb.de abrufbar.

Alle Rechte der Verbreitung,
auch durch Film, Funk und Fernsehen,
fotomechanische Wiedergabe,
Tonträger, elektronische Datenträger
und auszugsweisen Nachdruck,
sind vorbehalten.

© 2021 novum Verlag

ISBN 978-3-99107-565-3
Lektorat: Mag. Eva Zahnt
Umschlagfotos: Andreiuc88, Falcon47,
Matej Halouska | Dreamstime.com
Umschlaggestaltung, Layout & Satz:
novum Verlag
Innenabbildungen:
Huhulin | Dreamstime.com

Gedruckt in der Europäischen Union
auf umweltfreundlichem, chlor- und
säurefrei gebleichtem Papier.

www.novumverlag.com

1

Lauf! Der erste Gedanke, der mir durch den Kopf schoss, wurde in die Tat umgesetzt. Ich riss die Tür auf und rannte los. Aus einem Laufen wurde ein Rennen, ich wollte einfach weg, weg von allem.

Mein Name ist Sophie Times.

Was ich jedoch noch nicht wusste war, dass dieser Name keinerlei Bedeutung hatte.

Seit gut fünfzehn Jahren fühlte ich mich fehl am Platz. Es war nicht nur die Tatsache, dass ich in der Schule gehänselt wurde, und es war auch nicht so, dass ich keine Freunde hatte, nein, es war einfach das Gefühl, nicht hierher zu gehören.

Nach meinem Gefühl war ich jetzt erst gute fünf Minuten unterwegs, war aber schon völlig außer Atem, was wieder einmal bezeugte, was meine Sportlehrerin sagte, ich war eine furchtbare Läuferin. Ich blieb stehen und fand mich in einem kleinen Wald in der Nähe unseres Hauses wieder. Ruhig atmete ich die kühle Waldluft ein und lauschte. Im Wald war es so still, nur die Vögel waren zu hören und das Rauschen des Windes in den Bäumen. *Herrlich*!

Ich sah mich um und merkte, dass die Sonne langsam unterging und es zu dämmern anfing. Weil ich nicht mehr nach Hause wollte, drehte ich mich um, um zu meiner Freundin zu gehen, als plötzlich ein Reh zwischen den Bäumen hervorkam, und mich verwundert anschaute. Das Reh hatte wunderschönes hellbraunes Fell und türkis-grüne Augen, welche mich aufmerksam musterten.

Für den Bruchteil einer Sekunde sah es so aus als würde es auf mich zu laufen. Doch dann drehte es sich plötzlich um und rannte zwischen zwei Bäumen, die wie Torbögen ineinander verschlungen waren, hindurch und verschwand spurlos.

Obwohl ich sah, dass die Sonne längst untergegangen war, folgte ich dem Reh zu den zwei Bäumen. Kurz davor blieb ich stehen und atmete tief durch. Zwar glaubte ich mich zu täuschen und doch konnte ich ein leichtes Flimmern in der Luft ausmachen. Auch wenn ich es nicht glauben konnte, hatte ich eine Vermutung von dem, was gleich passieren würde.

Ich ging hindurch und hatte Recht, ich fand mich in einer anderen Welt wieder. Die Sonne stand hoch am Himmel und die Bäume waren dicker, knorriger, und die Blätter waren saftig grün. Eine leichte Brise fuhr mir durch die Haare und ließ mich den sanften Geruch von frischem Heu wahrnehmen.

Auf den ersten Blick schien der Wald leblos, doch dann erblickte ich Bewegungen in den Schatten. Von überall her schienen mich unsichtbare Augen zu mustern.

Langsam ließ meine Neugier jedoch wieder nach und ich wollte weiter zu meiner Freundin. Ich ging wieder durch die beiden Bäume, aber nichts veränderte sich. Immer wieder lief ich durch das *Baumtor,* doch ich konnte nicht wieder zurück.

Plötzlich wurde mir in den Oberschenkel gepikst und als ich mich umwandte erblickte ich ein kleines hässliches Männlein. Es war keinen halben Meter groß, hatte warzige, gelblich-grüne Haut und eine dicke Kolbennase mitten im Gesicht.

Die Ohren des Wesens waren spitz und ein zerschlissenes Hemd war seine gesamte Körperbedeckung. In der Klaue des Männleins befand sich ein kleiner Speer, der aussah als wäre er aus einem einzigen Knochen geschnitzt. Und ich vermutete, dass es mir damit in den Oberschenkel gepikst hatte.

Als es den Mund öffnete erschrak ich, denn die Zähne des Wesens erinnerten mich an die eines Hais. „Gutes Fleisch!“, kreischte es und ehe ich mich versah huschten geschätzt zwei Dutzend dieser hässlichen Viecher aus dem Gebüsch und umzingelten mich. Eines nach dem anderen stach mir in die Beine, bis ein zustimmendes Gemurmel ausbrach.

„Bringen wir es zum Chef!“, brüllte eines der Wesen und erntete Beifall.

Bevor ich realisieren konnte was gerade passierte, flitzte einer von ihnen zwischen meinen Beinen hindurch und schlang ein Seil um sie herum.

Das andere Ende des Seils warf es einem Kumpan zu und mit einem Ruck zogen sie so fest daran, dass ich das Gleichgewicht verlor und zu Boden stürzte.

Ich begann zu strampeln und versuchte mich zu befreien, als die kleinen Wichte anfingen meine Arme am Rücken zusammenzubinden. „Aua, lasst das!“, fauchte ich, doch sie ignorierten mich.

Da spürte ich wie sie ihre kleinen Krallen unter mich schoben und versuchten mich anzuheben.

„Ho Ruck!“, riefen sie und mit einem Mal wurde ich vom Boden gerissen und über ihre Köpfe transportiert.

Als sie mit mir im Gepäck losliefen bekam ich es mit der Angst zu tun. Ich versuchte mich herumzuwerfen, doch mit jeder Bewegung drückten sie ihre Krallen fester in meine Haut.

Ich schrie und versuchte mich verzweifelt loszumachen, doch ich kämpfte vergeblich.

Eifrig liefen die kleinen Wichte durchs Gebüsch, wobei sie jedoch nicht darauf achteten mich vor den Dornen zu schützen. Das Einzige, was sie taten, war mir hungrige und gierige Blicke zuzuwerfen. Als sich plötzlich ein dunkler Schatten über uns senkte.

Die kleinen Wesen erstarrten und ich versuchte so gut es ging den Kopf zu heben, um den Verursacher des Schattens auszumachen.

Ein tiefes Knurren ertönte und wie auf Kommando ließen sie mich einfach fallen. Unsanft landete ich auf dem Boden und sah wie sich die hässlichen Männlein aus dem Staub machten.

Gefesselt ließen sie mich liegen und lieferten mich dem nächsten Wesen aus.

So gut es ging schielte ich nach oben und blickte in die Augen eines riesigen Wolfes. Dieser fletschte die Zähne und beugte sich über mich.

Ich schloss die Augen und unterdrückte einen Schrei.

Plötzlich jedoch hörte ich den Wolf aufheulen und leise knurren. Hinter mir ertönte eine tiefe Stimme: „Lass sie!"

Darauf folgten ein bedrohliches Knurren und ein leises Rascheln, was mir verriet, dass sich der Wolf ins Gebüsch zurückzog.

Immer noch hatte ich die Augen geschlossen, denn ich hatte Angst davor, was als nächstes passieren würde.

„Du sitzt ja mächtig in der Patsche", ertönte es hinter mir. Ich spürte wie sich jemand leise lachend über mich beugte und mich von meinen Fesseln befreite.

Als ich die Augen aufschlug erblickte ich einen jungen Mann, der mir eine Hand entgegenstreckte. Zögernd ergriff ich sie und wurde von dem Jungen auf die Beine gezogen.

„Danke", sagte ich und musterte meinen Gegenüber.

Aschebraunes Haar hing ihm wirr in die Stirn und wunderschöne bernsteinfarbene Augen blickten mir entgegen. Er war um einiges größer als ich und aus seinem Haar blitzten spitze Ohren hervor.

Was mich jedoch wachsam werden ließ war, dass hinter dem Mantel des Jungen ein langes scharfes Schwert hervor lugte.

Im Großen und Ganzen sah er aus als wäre er einem Fantasy-Film entsprungen.

„Mit wem habe ich die Ehre?", fragte er und musterte mich.

„Sophie, ich heiße Sophie", erwiderte ich.

„Es ist mir eine Freude dich kennenzulernen", sagte er und wandte sich zum Gehen.

Er war noch nicht weit gekommen als er sich noch einmal umdrehte. „Was ist? Kommst du?"

Als ich ihn fragend … wohl eher verwirrt anstarrte erwiderte er: „Wenn du schon nicht weißt, wie man Zwergkobolden entkommt, dann bezweifle ich, dass du über Nacht hierbleiben willst."

Obwohl mir mein gesunder Menschenverstand riet, es nicht zu tun, folgte ich ihm, vor allem da ich sowieso nicht wusste, was ich tun sollte.

„Warte hier", sagte der Fremde. „Ich werde Feuerholz sammeln."

Mit diesen Worten ließ er mich in der Dunkelheit zurück. Um mich zu beruhigen setzte ich mich und lehnte mich mit dem Rücken an den Stamm einer riesigen Eiche.

Hier alleine zu sitzen war wie in der Hölle zu schmoren. Um mich herum war es stockfinster und es schien als würde hinter jedem Strauch eine Kreatur auf mich warten.

Außerdem gingen mir unendlich viele Gedanken durch den Kopf. *Ich habe keine Ahnung wo ich bin, ein gutaussehender Junge, den ich nicht kenne, rettet mir einfach das Leben vor einem Monsterwolf, welcher mich in gewisser Weiße vor Zwergkobolden gerettet hatte.*

„Ach ja … ich heiße Jonas", erklang die Stimme des Jungen hinter mir, riss mich aus meinen Gedanken und erschreckte mich fast zu Tode.

Er legte einen Stapel Holz auf den Boden und schaffte es irgendwie ihn zu entzünden. Sofort wurde die Dunkelheit erhellt und die Flammen warfen tanzende Schatten im Wald wieder.

Weil mir nichts einfiel, was ich sagen konnte um das Schweigen zu brechen, sagte ich: „Danke. Danke, dass du mich vor dem Wolf gerettet hast."

Der Fremde … ähm … Jonas erwiderte nichts darauf und sah ins Feuer, und es wurde wieder still zwischen uns. Eine unerträgliche Stille und sie schien mich zu erdrücken.

„Du kommst nicht von hier, habe ich Recht?", Jonas sah mich mit einem Mal fragend an.

„Ja …", antwortete ich zögernd.

„Du bist auch keine von uns, oder?"

„Wie meinst du das?"

„Naja, du … ich glaube, du bist ein Mensch", erwiderte er.

„Ja, du doch auch …", und nach einer kurzen Pause, „oder?"

Nichts, keine Antwort. Ich glaubte schon, keine Antwort mehr zu bekommen, als Jonas sagte: „Nicht ganz. Ich bin eher wie ein Elf."

Ich wusste nicht, was ich darauf erwidern sollte und es wurde wieder still.

Rund um uns wurde es finster, nur noch das Feuer spendete Licht unter der Eiche. Nach kurzer Zeit stand Jonas auf und begann auf die Eiche zu klettern.

„Komm. Ich will dir etwas zeigen."

Langsam stand ich auf und ging zu ihm hinüber. Ich hatte keine Ahnung, warum ich das machte, aber ich kletterte hinter ihm die Eiche hinauf. Leichter gesagt als getan, im Dunkeln auf einen Baum zu klettern war nicht einfach.

Als ich endlich bei Jonas oben angekommen war, bog er die Äste auseinander und gab den Blick zum Himmel frei. Zuerst war er nur schwarz, doch als sich meine Augen an die Dunkelheit gewöhnt hatten, wurden die Sterne sichtbar.

Sie waren wunderschön!!! Mir war als könnte ich sie berühren, es war unglaublich … es war der Wahnsinn!

„Sie sind wunderschön", sagte er und suchte sich einen Ast, um sich drauf zu setzen.

Ich kletterte zu ihm und nahm neben ihm Platz. Ich war wie verzaubert von den Sternen, ich fühlte mich frei.

„Ja, das sind sie", stimmte ich ihm zu. „Ich habe noch nie so viele so hell gesehen."

Gebannt starrte ich zu den Sternen hinauf. Ich war immer noch überwältigt und konnte es nicht glauben, als ich auf einmal bemerkte, dass Jonas mich ansah. Unsere Blicke trafen sich und Jonas sah verlegen wieder zu den Sternen. Ich war froh über die Dunkelheit, weil ich nicht wollte, dass er sah, wie rot ich geworden war.

Was ich jedoch nicht bemerkte war der kleine Vogel, der unweit neben mir saß und mich mit seinen türkis-grünen Augen musterte.

„Wie hast du es in unsere Welt geschafft?“, fragte Jonas nach langer Zeit.

„Du willst die Geschichte von Anfang an hören?“

Er nickte, also begann ich zu erzählen. Jonas hörte zu und unterbrach mich kein einziges Mal.

Als ich fertig war saßen wir einfach nur da, ohne zu reden, und schauten zum Himmel.

Dieses Mal bekam ich nicht mit wie Jonas mich ansah, bis er sagte: „Die Sterne spiegeln sich wunderschön in deinen Augen.“

„Danke“, ich konnte mir ein Grinsen einfach nicht verkneifen.

„Nein, wirklich. Es sieht so echt aus“, brachte er heraus.

Er konnte den Blick einfach nicht von mir nehmen, bis mein Kopf auf seine Schulter fiel und ich einschlief.

2

Nachdem das Mädchen an meiner Schulter eingeschlafen war, konnte ich endlich wieder klar denken.

Vorsichtig hob ich sie hoch und kletterte vom Baum, wo ich sie behutsam neben das Feuer legte und sie betrachtete.

Irgendetwas an ihr war eigenartig und das war nicht nur die Tatsache, dass sie ein Mensch war. Es kam zwar hin und wieder vor, dass sich ein Mensch in unsere Welt verirrte und dieser anschließend von irgendwelchen Wesen gefressen wurde.

Doch dass ein Wolf auftauchte, ein Matrix-Wolf, war höchst ungewöhnlich, vor allem da es so aussah als hätte er ihren Weg nicht zufällig gekreuzt.

So beschloss ich Vater zu fragen, ich war gespannt was er dazu sagen würde, denn es war niemals Zufall, wenn Matrix die Finger im Spiel hatte.

3

Als ich am nächsten Tag wieder aufwachte wusste ich zuerst nicht, wo ich war. Doch dann fiel mir alles auf einen Schlag wieder ein. Ich blickte mich um und bemerkte, dass ich neben der Feuerstelle lag. *Jonas muss mich nach unten getragen haben,* dachte ich.

Und als hätte ich ihn gerufen kam Jonas plötzlich hinter der Eiche hervor.

„Komm!“, sagte er. „Wir haben noch einen langen Weg vor uns.“

Bevor ich auch nur irgendetwas erwidern konnte, war er schon wieder zwischen den Bäumen verschwunden. Kurz dachte ich darüber nach, ob ich einfach hierbleiben sollte, doch dann sprang ich auf und rannte ihm nach.

Als ich ihn endlich eingeholt hatte fragte ich: „Wohin gehen wir eigentlich?“

„Zum Palast“, erwiderte er ohne sich umzudrehen.

„Was bitte soll ich dort?! … Ich will nach Hause!“

Jetzt drehte sich Jonas so ruckartig um, dass ich direkt in ihn hineinlief. „Wir müssen den König um Rat fragen, wie du wieder nach Hause kommst.“

„Und wie weit ist es zum Palast?“, fragte ich.

„So ausgedrückt wie bei euch Menschen ca. dreizehn Meilen."

Mir klappte der Mund auf, ich konnte nicht glauben, was er gerade gesagt hatte! Dreizehn Meilen und das zu Fuß?!

„Ich gehe sicher nicht so lange zu Fuß!"

Jonas seufzte und sagte: „Ihr Menschen seid auch immer so voreilig. Ich habe nichts von gehen gesagt."

Dann grinste er, nahm die Finger in den Mund und stieß einen lauten Pfiff aus.

Der Pfiff hallte zwischen den Bäumen wider, als plötzlich ein lautes Wiehern zu hören war und zwei wunderschöne stattliche Pferde auf uns zu galoppiert kamen. Eines der beiden war so braun wie Ebenholz und das andere schneeweiß. Es waren unglaublich anmutige Tiere!

Jetzt wurde Jonas' Grinsen nur noch breiter, vor allem als er meinen Blick sah. Ohne abzuwarten hielt er sich am Rücken des braunen Pferdes fest und schwang sich geschickt hinauf.

Ungeduldig stand das weiße Pferd vor mir und wartete darauf, dass ich ebenfalls aufstieg.

Ich war bisher noch nie auf ein Pferd aufgestiegen, geschweige denn darauf geritten. Also probierte ich es wie Jonas, ich hielt mich am Rücken des Pferdes und versuchte mich hinauf zu hieven. Doch ich schaffte es nicht und rutschte ab.

Mit einem lautem Plumps landete ich am Boden. Jonas, der natürlich alles genauestens beobachtet hatte, fing lauthals an zu lachen und fiel dabei selbst fast vom Pferd. Wütend auf ihn, weil er lachte, stand ich auf und rieb mir den Hintern.

Jonas stieg von seinem Pferd ab und kam zu mir.

Dann legte er seine Hände an meine Hüfte und hob mich auf das weiße Pferd.

Gemeinsam ritten wir aus dem Wald heraus. Und mit dem Wind, der in meinen Haaren wehte, verflog auch mein Ärger.

Es war einfach zu reiten, weil das Pferd immer dem von Jonas nachlief und ich nichts tun musste.

„Wie heißen sie?", fragte ich.

„Deines heißt Wolkenbruch und meines heißt Sturmflut. Es sind die zwei schnellsten und stärksten Pferde im Magischen

Reich", Jonas klang stolz als er das sagte und als er dem Pferd auf die Schulter klopfte schnaubte es zufrieden.

Wir ritten über Felder, Wiesen und durchquerten sämtliche Bäche und Wälder. Das Reich war wunderschön und jetzt bei Tageslicht wirkte es nur mehr halb so gruselig. Überall blühten Blumen in allen Farben und es duftete nach Frühling.

Als wir nach einer Stunde an der Kuppe eines Hügels ankamen, erblickten wir bereits den Palast.

Er war noch größer als ich ihn mir vorgestellt hatte. Vier große Türme ragten in den Himmel, an den Spitzen wehten bunte Fahnen mit goldenen Mustern.

Beim Hinunterreiten wieherten die Pferde laut und Wachen, die vor dem Tor standen, öffneten die schweren Tore. Im Vorbeireiten musterten mich die Wachen gründlich, doch als sie Jonas sahen blickten sie schnell wieder in die Ferne. Auf Sturmflut und Wolkenbruch ritten wir durch das Tor. Und als wir zum Stehen gekommen waren eilten Knechte herbei, halfen uns beim Absteigen, nahmen die Pferde und führten sie fort.

„Folge mir", sagte Jonas und öffnete eine Tür zu einem langen Flur, an dessen Ende eine weitere schwere Holztüre mit zwei Wachen war.

Im Vorbeigehen hielten sie mich zwar nicht auf, doch sie sahen mich höchst misstrauisch an.

Jonas öffnete die Tür und ging hinein. Als ich ihm folgte staunte ich nicht schlecht, ich erblickte unzählige Feenwesen im Raum, die standen oder besser gesagt flogen. Es waren kleine Feen, Trolle und andere Wesen, die Jonas und mir augenblicklich aus dem Weg traten und uns tuschelnd nachsahen.

Mitten im Saal befand sich ein gigantischer Thron, der wunderschön von Pflanzen umschlungen war. Und darauf, davon ging ich jedenfalls aus, saß der König.

Er hatte die Fingerspitzen aneinandergelegt und ließ seinen Blick ziellos durch die Menge gleiten. Alleine seine Haltung strahlte unglaubliche Macht aus und es schien als könnte sie die Wände zum Einsturz bringen.

Wie die meisten Elfen war er groß und schlank, doch auffällig war sein langes aschebraunes Haar, das ihm bis zur Hüfte reichte und dieselben leuchtenden goldenen Augen wie Jonas.

Noch bevor ich eins und eins zusammenzählen konnte hatte er uns entdeckt. Als er Jonas erblickte richtete er sich auf und sprach mit einer tiefen Stimme, die alle anderen im Saal übertönte und sie zum Schweigen brachte: „Jonas, du bist zurück! Aber warum unterbrichst du die Jagd?“

„Vater …“, setzte Jonas an.

Ohne nachzudenken unterbrach ich ihn: „Vater?!“

Jetzt richtete der König, der angeblich Jonas' Vater war, den Blick auf mich: „Und Ihr seid …?“

Ich wollte gerade antworten, als Jonas das an meiner Stelle tat. „Sophie. Das ist Sophie. Sie kommt nicht von hier, sie ist ein Mensch.“

Schlagartig verstummte das Gemurmel um uns herum und der König befahl allen, mit nur einem Blick, den Saal zu verlassen. Dann musterte er mich misstrauisch. „Warum seid Ihr hier, *Sophie*?“

Diesmal war ich schneller als Jonas und sagte. „Ich habe mich im Wald verlaufen und bin unabsichtlich in Euer Reich gekommen. Jonas hat mich vor einem Wolf gerettet und dann hierher gebracht.“

„So, so. Er hat Euch vor einem Wolf gerettet“, jetzt blickte er Jonas an und dann mich. „Ja, eine wahre Heldentat meines Sohns“, er machte eine kurze Pause. „Sophie, Euch ist es erlaubt im Schloss zu bleiben, bis wir eine Lösung finden, wie wir Euch nach Hause bringen.“

Das war's. Mehr sagte er nicht mehr, er stand einfach auf und ging.

4

Eine der Zofen, eine Ziege mit menschlichem Oberkörper, brachte mich in ein Zimmer.

Es war ein riesiger Raum, mit einem großen Himmelbett in der Mitte. Einem eigenen Badezimmer, mit einer Badewanne und einem Spiegel.

Ich hatte vergessen, dass ich hier sozusagen im Mittelalter war und es noch keine Wasserleitungen gab. An der Decke waren ins Holz kleine Sterne eingeritzt. Es war ein Zimmer wie es im Märchen beschrieben wurde.

Yara, die Zofe, legte mir ein Nachthemd aufs Bett und verließ mit wenigen Worten den Raum. „Gute Nacht."

Doch ich konnte noch lange nicht schlafen. Ich öffnete eine große Glastür zum Balkon und setzte mich auf den Stuhl, der dort stand.

Ich sah in den Himmel, wo die Sterne um die Wette strahlten. Es war magisch. Ich vermisste meine Eltern sehr, ich war hier allein, sie mussten sich unglaubliche Sorgen machen. Ich saß noch eine Weile so da, bis ich einschlief und von den Sternen träumte.

Sie liegt auf einer Wiese unter dem Sternenhimmel und beobachtet die Sterne. Als die Sterne auf einmal nacheinander verschwinden und es finster wird. Sie steht auf und sieht Jonas bei ihren Eltern stehen. Sie läuft auf die drei zu, kann sie aber nicht erreichen. Als sie schreit „Mama, Papa, es tut mir leid!!", half es nichts. Jonas und ihre Eltern können sie nicht hören. Sie bleibt stehen und wird gewaltsam von der Dunkelheit verschluckt.

Ich schreckte aus meinem Traum hoch und sah, dass ich in meinem Bett lag, obwohl ich doch draußen eingeschlafen war. Grübelnd über das, was gestern passiert war, lag ich im Bett, als plötzlich Yara und andere Zofen hereinkamen und mit Eimern heißes Wasser in die Badewanne füllten.

Yara selbst blieb vor meinem Bett stehen und sagte: „Guten Morgen, Sophie. Der König wünscht mit Euch zu frühstücken. Bitte, steigt in die Wanne."

Langsam richtete ich mich auf und ging zum Badezimmer. Ich zog mich aus und stieg in die Wanne. Die Zofen halfen mir mit den Haaren und beim Abtrocknen. Obwohl ich sie bat zu gehen und ihnen sagte, dass ich das schon alleine konnte, antworteten sie schlicht mit der Begründung, dass dies ihre Aufgabe war und es sich für eine Dame gehörte, sich von ihren Zofen helfen zu lassen.

Als ich fertig war ging ich mit Yara zum Kleiderschrank, er war überfüllt von langen und kurzen Kleidern, Tüll und zu jedem Kleid ein dazu passendes Paar Schuhe.

Yara reichte mir ein knielanges grünes Kleid und ein Paar Schuhe. Vorsichtig zog ich es an, es passte perfekt! Es schillerte, wenn ich mich drehte, und hatte am Rock eine feine goldene Spitze. Es war wunderschön.

Gerade als Yara dabei war mir einen Zopf zu flechten öffnete sich die Türe und Jonas kam herein.

„Wow!", sagte er als er mich sah und kratzte sich verlegen am Kopf.

Sofort wurde ich rot und musste meinen Blick abwenden.

Am Weg nach draußen sagte ich: „Ich habe da ein paar Fragen an dich."

„Okay, schieß los."

„Warum hast du nicht gesagt, dass du der Prinz bist?“, ich sah ihn fragend an.

„Du hast nicht gefragt“, Jonas grinste und ging weiter.

„Nächste Frage: Hast du mich ins Bett getragen?“

„Nein …“, antwortete er, verriet sich aber durch das Grinsen, das jetzt nur noch breiter wurde. „Okay. Ja, ich habe dich ins Bett getragen. Aber nur weil ich nach dir gesehen habe. Als ich dich nicht in deinem Zimmer fand, sah ich am Balkon nach. Dort habe ich dich auch gefunden. Ich bin zu dir gegangen und habe gemerkt, dass du gezittert und geweint hast und deshalb habe ich dich hochgenommen und ins Bett getragen. Aber ich verstehe nicht warum du geweint hast?“

Ich überlegte kurz, ob ich ihm meinen Traum erzählen sollte, entschied mich aber dafür, dass ich ihn nicht darin erwähnte. „Ich hatte einen Albtraum … über meine Eltern.“

Irgendwie machte es mich glücklich, dass Jonas *nach mir gesehen* hatte.

Endlich erreichten wir eine Tür, die uns nach draußen führte.

Als wir hindurch waren sah ich eine große Trauerweide auf einem Hügel im Freien. Unter dem Baum stand ein reich gedeckter Tisch, rundherum blühten Blumen, Bienen und Schmetterlinge schwirrten durch die Luft. Ich folgte Jonas zum Tisch. Er schob einen Stuhl zurück und deutete mir mich zu setzen. Dann ging er zur gegenüberliegenden Seite und setzte sich.

Gerade als ich etwas sagen wollte, öffnete sich die Tür und der König kam heraus. Weil Jonas aufstand, tat ich es ihm gleich und erhob mich.

Nachdem der König sich gesetzt hatte, setzten auch wir uns wieder.

„Ich hoffe, Ihr habt gut geschlafen“, sagte der König und sah mich an.

Ich nickte und versuchte zu lächeln.

Dann sagte er: „Ich habe mich über das Tor zu Eurer Welt informiert und herausgefunden, dass es immer wieder verschwindet, aber mit der Zeit wieder an derselben Stelle auftaucht. Ihr könnt bleiben, bis das Tor wieder erscheint. Währenddessen wird sich mein Sohn um Euch kümmern, und nur das Ihr es wisst, er hat es selbst entschieden."

Ich sah zu ihm hinüber und lächelte. Es machte mich glücklich und mir wurde warm als ich darüber nachdachte.

„Ach ja. Bevor ich es vergesse, heute Abend findet der Frühlingsball statt, Ihr seid herzlich eingeladen. Ich hoffe, Ihr kommt, es würde mich freuen."

Ich dankte dem König für alles. Vor allem dafür, dass er mich zum Ball eingeladen hatte! Ich war noch nie auf einem gewesen. Es ging alles furchtbar schnell, jedes andere Mädchen hätte nach Hause gewollt, doch nicht ich. Zuhause, in meiner Welt, war ich fehl am Platz, hier aber konnte ich mein eigenes Märchen schreiben.

Nach dem Essen begleitete Jonas mich in *mein* Zimmer. Als ich drinnen war entdeckte ich auf dem Bett eine Rolle Papier, die mit einem samtigen roten Band zusammengebunden war, und eine rote Rose. Langsam und vor allem gespannt nahm ich sie in die Hand und rollte sie aus:

Liebe Sophie,
Würdest du mir die Ehre erweisen
und mich zum Frühlingsball
begleiten?
In Liebe, Jonas

Mein Herz machte einen Sprung als ich das las. Jonas lud mich zum Ball ein!! Ich konnte es kaum glauben!

Doch plötzlich fiel mir ein, dass ich überhaupt keine Ahnung hatte wie es auf einem Ball aussah, was ich anziehen sollte und … ich konnte nicht tanzen.

Also bat ich Yara um Hilfe, da sie die oberste Zofe war. Als ich ihr die Einladung zeigte war sie begeistert.

„Jonas hat noch nie ein Mädchen zu einem Ball eingeladen. Alle schwärmen für ihn, aber er ließ sie alle links liegen."

„Wir haben ein Problem, ich kann nicht tanzen", sagte ich und sah verlegen zu Boden.

„Na gut ... Ich kann es dir beibringen, aber zuerst müssen wir ein passendes Kleid aussuchen und es herrichten lassen."

Yara lief zum Kleiderschrank und zog eines nach dem anderen heraus. „Ich weiß nicht, welche Farbe!"

Ich hielt immer noch die Rolle und die Rose in der Hand, als ich plötzlich die Idee hatte. „Wie wäre es mit einem roten Kleid? Er hat mir eine rote Rose geschenkt, das wäre doch passend, oder nicht?"

„Du hast Recht ... aber hier ist kein passendes rotes Kleid." Sie überlegte. „Warte!", Yara kniete sich nieder und holte eine versteckte Kiste hinter den Schuhen hervor, die aussah wie ein alter verstaubter Schuhkarton.

Vorsichtig, fast zärtlich, wischte Yara darüber und stellte die Box auf einen kleinen Tisch.

„Was ist da drinnen?", fragte ich und betrachtete die Kiste.

„Das Kleid der Königin. Der König schenkte es ihr, als er so alt war wie Jonas jetzt, er schenkte es ihr zum Frühlingsball. Danach aber zog sie es nie mehr an, weil es zu klein wurde und ihr nicht mehr passte."

„Ich weiß nicht. Glaubst du es ist okay, wenn ich es trage? Ich meine, vielleicht ist es unpassend oder der König will es nicht."

Yara nahm meine Hände. „Sophie, der König hat es extra aufgehoben für diesen Moment, er wollte, dass Jonas' erste Ballbegleitung es anzieht, genauso wie es bei ihm war. Und wenn du noch nicht überzeugt genug bist, dann bist du es jetzt ..."

Langsam öffnete sie die Kiste und zog das Kleid heraus. Es war wunderschön! Es war ein langes weinrotes Kleid. Rund um den Rock war lila-blaue Spitze angenäht. Um die Taille war ein Band in derselben Farbe wie die Spitze herum und mit einer Schleife festgebunden. Die Träger waren dünn, aber auch mit Spitze verziert. Es war perfekt!

„Wow!! Na gut, ich trage es."

„So, das hätten wir. Jetzt lass uns tanzen."

Yara war die perfekte Tanzlehrerin, ich lernte schnell, also hatte ich bis Mittag alle Schritte im Kopf und konnte tanzen!

5

Endlich war es so weit, die Sonne ging unter und die Gäste strömten ins Schloss. Ich war furchtbar aufgeregt und nervös, aber ich freute mich.

„Halt still." Yara machte mir gerade das Kleid zu. „Du musst nicht so aufgeregt sein, du kannst das. Komm, ich schminke dich und mache dir eine Frisur."

Wir gingen ins Bad und ich setzte mich vor den Spiegel. Mit Kohle verdunkelte Yara meine Wimpern und mit einer Erdbeere meine Lippen. Dann holte sie etwas Rosenwasser als Parfüm. Meine Haare flocht sie zu zwei Zöpfen und band sie zu einer lockeren Steckfrisur zusammen. Als ich mich im Spiegel sah erkannte ich mich kaum wieder. Ich sah so verändert aus, das Kleid passte perfekt und meine Haare waren der Hammer.

„Danke, Yara!", ich fiel ihr um den Hals. „Danke, danke, danke!"

„Schon gut. Aber eines fehlt noch", sie drehte sich um und holte die Rose. Yara steckte sie in meine Frisur hinein. „So, perfekt."

Ich trat einen Schritt zurück und drehte mich. Als es plötzlich klopfte und Jonas hereinkam.

Er hatte ein weißes Hemd und einen Mantel, der zu meinem Kleid passte, an. Seine Haare hingen ihm wirr vom Kopf und seine Augen strahlten. Ich musste mich zurückhalten, um nicht zu ihm zu laufen und ihm das Haar aus der Stirn zu streichen.

Langsam kam er auf mich zu. Es schien als sei die Zeit stehen geblieben, niemand sagte etwas. Als er endlich bei mir war nahm er meine Hände.

Mein Herz schien zu explodieren, es raste mit meinen Gedanken um die Wette.

„Du siehst …“, Jonas überlegte kurz, was er sagen sollte, „ … unglaublich aus.“

Ich lächelte, etwas anderes hätte ich in diesem Moment nicht zu Stande gebracht. Mir wurde warm und meine Wangen brannten.

„Ist das das Kleid meiner Mutter?“, fragend sah er mich an.

„Ja, Yara hat es mir gegeben. Wenn du willst, ziehe ich mich um.“ Ich wollte mich schon umdrehen und Yara sagen, dass sie mir ein anderes Kleid suchen sollte, als mich Jonas an den Schultern nahm und mich zu sich drehte. Ich hielt die Luft an. Ich hatte Angst etwas falsch gemacht zu haben. Doch er sah mir nur in die Augen. Meine Anspannung ließ nach und ich verlor mich in seinem Blick.

Nach wenigen Sekunden, die mir wie die Unendlichkeit vorkamen, sagte er: „Du siehst wunderschön aus. Ich möchte, dass du es trägst und meiner Mutter diese Ehre erweist.“

Plötzlich ertönten Trompeten und Jonas zuckte zusammen. „Komm, schnell!“

Hand in Hand rannten wir zum Ballsaal. Vor dem Tor blieben wir stehen und lauschten. Durch die Tür hörte man eine laute Stimme rufen. „Seine Majestät König Helios, und seine Begleitung Melia von Vultan!“ Darauf folgte tosender Applaus.

Jetzt wurde mir klar, dass ich da auch gleich raus musste. „Ich kann das nicht, Jonas. Ich habe keine Ahnung was ich tun muss.“

„Keine Sorge. Tu einfach das, was ich tu. Und häng dich bei mir unter.“

Ich hatte gerade noch Zeit mich an Jonas zu klammern, als das Tor aufgestoßen wurde und wir ins Licht traten. „Seine

Majestät Prinz Jonas …" Alle setzten zum Applaus an, wurden aber unterbrochen, „und seine Begleitung Sophie!"

Alle wurden leise und starrten mich an. Unsicher hielt ich mich an Jonas fest, der langsam die Treppe hinunterstieg und königlich lächelte.

„Kinn hoch, Brust raus und lächeln. Verstecke deine Schüchternheit hinter deinem Lächeln und das Atmen nicht vergessen", flüsterte er mir ins Ohr.

Alle Mädchen um uns herum sogen die Luft scharf ein und sahen mich neidisch an.

Ich konnte es nicht glauben, ich war das erste Mädchen, das Jonas zu einem Ball einlud.

Am Ende der Treppe warteten der König und seine Begleitung auf uns. Der König strahlte und lächelte uns an. Ein Lächeln mit unglaublicher Macht und Wärme.

„Sophie, schön, dass Ihr gekommen seid. Und das auch noch als Jonas' Begleitung, mit dem Kleid seiner Mutter", er tat so als würde er sich eine Träne aus den Augen wischen. Aber er freute sich. „Also, lasst das Fest beginnen!"

Alle Leute machten mitten im Saal Platz und sahen Jonas und mich erwartungsvoll an.

„Was ist los?", fragte ich Jonas. „Warum sehen die uns so an?"

„Sie warten auf uns", er grinste, trat einen Schritt zurück und verbeugte sich. „Schenkst du mir diesen Tanz?"

Er steckte mich mit seinem Grinsen an. „Mit Vergnügen." Ich machte einen Knicks und reichte ihm die Hand.

Jonas legte meine Hand auf seine Schulter, dann legte er seine Hand an meine Taille und nahm meine andere Hand in seine. Augenblicklich ertönte Musik und wir fingen an zu tanzen. Zuerst war es etwas schwierig, aber bald glitten wir im Takt über die Tanzfläche. Nach ein paar Runden fingen auch andere Pärchen an zu tanzen, doch Jonas sah nur in meine Augen. Die Zeit stand still und ich hatte das Gefühl zu schweben.

Doch schon bald endete das Stück, alle hörten auf zu tanzen und begannen zu klatschen.

Langsam verteilten sich die Leute wieder und Tische wurden im Saal aufgebaut und ein Buffet angerichtet.

Jonas und ich bedienten uns und aßen an einem kleinen Stehtisch. Ich beobachtete eine Weile das Treiben im Saal, bis ich Jonas etwas fragte. „Jonas, stimmt es, dass ich das erste Mädchen bin, das du zu einem Ball eingeladen hast?“

„Ja und nein. Du bist das erste Mädchen, das zugesagt hat“, er sah wieder in die Menge.

„Wieso hat sie Nein gesagt? Ich dachte, du bist der Mädchenschwarm schlechthin?“

„Naja … Ich war zehn als es passierte. Ich war nicht immer so wie jetzt. Damals war ich etwas pummelig …“, er machte eine Pause um zu sehen, wie ich reagieren würde, doch ich blieb ernst und sah ihn auffordernd an. „Ich hatte das schönste Mädchen, das mir damals bekannt war, zum Ball eingeladen. Ich plante einen perfekten Abend, mit Rosen und, naja, dem Ball. Alle waren eingeladen, auch Marik, ein fieser Junge, der mich überhaupt nicht mochte. Er hatte Arellia, das Mädchen, auch eingeladen, aber ich wusste nichts davon. Ich wartete auf sie, doch sie kam nicht, also ging ich hinein um etwas zu essen, als ich sie auf einmal sah. Ich lief zu ihr hin, um ihr eine Rose zu schenken. Bei ihr angelangt rief ich ihren Namen, sie drehte sich um und begann zu lachen … Plötzlich kamen Marik und seine Gang hinter ihr hervor und lachten mit, sie verspotteten mich. Sie nannten mich *Fettsack* und *Pummelchen,* aber das Schlimmste war, dass Arellia mitlachte und zusah wie sie mich schlugen. An diesem Abend brach mein Herz und ich schwor mir, dass ich nie wieder ein Mädchen zu einem Ball einladen würde. Doch ich war innerlich so zerstört, dass ich nichts Süßes mehr aß und zu trainieren anfing. Ich wurde größer und vor allem wurde ich stärker. Niemand legte sich je wieder mit mir an und wer es doch tat bereute es und kam nicht mehr mit heilen Knochen zurück. Schon nach kurzer Zeit wurde ich der beste Kämpfer im Lande und ich konnte besser mit Schwert und Bogen umgehen als alle in der Armee meines Vaters. Und jetzt … naja, ich bin mit dir hier, du bist anders, du …“

Jonas wurde von lautem Knallen unterbrochen.

Er drehte sich zum Balkon um und sagte: „Komm, das Feuerwerk hat begonnen."

Während wir hinausgingen dachte ich mir: *Ich will, dass er diesen Satz fertig sagt. Er hatte einen Schwur geleistet, warum bricht er ihn wegen mir?*

Draußen gingen wir zum Geländer und sahen uns das Feuerwerk an.

Ich wollte dieses Schweigen zwischen uns brechen, deshalb sagte ich: „Danke. Danke, dass du es mir erzählt hast."

Jonas sah mich an und ich lächelte.

Nach dem Feuerwerk gingen alle wieder hinein und es wurde ruhig.

Langsam wurden die Sterne sichtbar, ich wurde wie betäubt und nahm alles um mich herum nicht mehr wahr. Ich sah nur noch die Sterne.

Jonas nahm meine Hand und drehte sich zu mir. Langsam beugte er sich zu mir runter und küsste mich sanft auf die Lippen. Ich jedoch war zu benebelt und überwältigt von den Sternen, sodass ich es nicht mitbekam. Denn ich war völlig auf einen Stern fixiert, der auf einmal zu leuchten aufhörte.

Plötzlich spürte ich einen schmerzhaften Stich in der Brust und brach zusammen. Ich wusste nicht, was passierte, bis es vor meinen Augen schwarz wurde.

6

„Sie …“, er schluckte. „Sie ist wieder da!“

Ich lachte bitter und schüttelte den Kopf. „Nein.“

Mein Bote, Fabius, der sonst immer das Selbstbewusstsein in Person war, zitterte kaum merklich und starrte angestrengt einen Punkt an der Wand an. „D … Doch, ich habe sie selbst gesehen … am Hofe Litrium.“

Ich schwenkte mein Glas und sah in Ruhe zu, wie sich der Wein darin kräuselte. „Bist du dir sicher?“

Wieder schluckte er und nickte leicht. „Ja, Madame. Es ist unvergleichlich das Gesicht der Königin.“

Ich verstärkte meinen Griff und spürte wie es unter meinen Fingern zu bersten drohte.

„Nein!“ Ohne Halt schleuderte ich das Glas durch den Saal.

Fabius musste sich bücken, um nicht getroffen zu werden.

Mit gefährlich ruhiger Stimme erwiderte ich: „Wer hat sie ins Schloss geführt?“

Die Augen des Boten weiteten sich, als hätte er Angst mir zu antworten. „Seine Hoheit Prinz Jonas.“

Mit drei langen Schritten erreichte ich den Tisch und somit die restlichen Weingläser. „Nein!! Ich habe nicht jahrelang hart gearbeitet um mein Ziel zu erreichen, damit ich mir alles von dieser Sterblichen zerstören lasse!"

Ein Glas nach dem anderen warf ich gegen die Wand und jedes Mal schaffte es Fabius nur knapp auszuweichen.

Nachdem kein Glas mehr heil am Tisch stand beruhigte ich mich etwas.

Ich atmete tief durch und stellte mich aufrecht hin. „Sie ist also wirklich wieder hier. Wer aber sagt, dass ich nicht vollbringen kann, was meine Mutter getan hat?"

Finster starrte ich aus dem Fenster und in die Ferne. „Bringt sie mir. Ich will sehen, wie viel unsere Luna gegen Memorialudio ausrichten kann …"

7

Ach! Dieses Mädchen treibt mich noch in den Wahnsinn!

Sophie löst Gefühle in mir aus, Gefühle, die ich nicht verbergen kann. In ihrer Nähe möchte ich am liebsten einfach nur wegrennen, und doch zwingt mich ihr Lächeln zu bleiben.

Als sie gestern in meinen Armen zusammengebrochen war, stand ich völlig unter Schock.

Meine Reaktionszeit hat sich um ein Drittel verlängert!

Danach war ich augenblicklich in den Saal gestürmt und hatte nach Yara gerufen.

Ich hatte keine Ahnung was passiert war. Als ich sie geküsst hatte, war sie stöhnend zusammengebrochen, selbst der Heiler hatte keine Ahnung was ihr fehlte.

Also hieß es abwarten.

8

Langsam kam ich wieder zu mir, war aber noch zu müde, um die Augen zu öffnen und mich zu bewegen.

Ich lag im Finstern und wusste nicht, wo ich war. Das Einzige, was ich zu hören bekam, waren laute und schnelle Schritte um mich herum.

Doch dann sagte jemand etwas. „Beruhige dich. Es wird sicher nicht besser, wenn du hier so herum trampelst.“ Das kam von Yara, ihre Stimme war leicht zu erkennen, und dann hörte ich Jonas' Stimme, welche ich unter hunderten heraushören würde.

„Ach, Yara. Ich weiß nicht, was passiert ist. Habe ich etwas falsch gemacht?“

Dann wieder Yara. „Bestimmt nicht. Du hast gesagt, dass es aussah als ob ihr etwas weh getan hätte, vielleicht war es das.“

„Ich weiß einfach nicht, was ich täte, wenn …“, den Rest des Satzes sagte er nicht mehr, aber ich konnte mir denken, was er meinte. Aber ich verstand es nicht, warum war er so traurig? Ich konnte mich an nichts, was gestern passiert war, erinnern.

Doch das, was Jonas jetzt sagte, zerriss mir das Herz. „Yara, verstehst du das denn nicht? Ich liebe sie! Ich würde es einfach nicht ertragen, wenn es ihr schlecht geht und es meine Schuld wäre. Der Kuss, er fühlte sich nicht echt an, es war als ob sie es nicht mitbekam, als ob sie geträumt hätte."

Ich wollte das nicht hören. Er liebt ein anderes Mädchen und nicht mich.

Auf einmal überkam mich ein Schwindelgefühl. Es war als ob mich irgendetwas zu Boden drücken würde. Ich wollte, dass mich Jonas fest hielt und sich nicht um ein anderes Mädchen Sorgen machte.

Sie liegt auf der Wiese und beobachtet die Sterne. Plötzlich erlöschen die Sterne und es wird finster. Sie steht auf und sieht Jonas und ein Mädchen, das sie nicht kennt. Sie rennt los und schreit: „Jonas, warte!!" Sie rennt schneller, doch sie kann sie nicht erreichen. Auf einmal sieht Jonas in ihre Richtung und winkt. Er sieht dabei so traurig aus, dass sie stehen bleibt und von der Dunkelheit verschluckt wird.

Ruckartig schlug ich die Augen auf und fing an zu schluchzen. Jonas, der nach wie vor im Zimmer war, erreichte mit drei großen Schritten mein Bett und schloss mich in eine Umarmung.

Langsam löste ich mich von ihm und stieß ihn weg. „Geh ruhig zu deinem Mädchen und tröste *sie*!", schrie ich ihn an. „Ich habe alles mitbekommen!"

Zuerst begriff Jonas überhaupt nicht, was gerade passierte, und sah mich einfach verwundert an. „Sophie, wovon redest du?"

Doch ich wollte ihn nicht mehr sehen. „Geh einfach!"

Kurz bevor er sich umdrehte blickte er mir in die Augen. Aber das, was ich in seinen Augen sah, war keine Wut, sondern Trauer und Enttäuschung. Doch er sagte nichts mehr und ging einfach.

Erst jetzt bemerkte ich, dass Yara noch im Zimmer war und mich anstarrte. „Was hast du getan!? Jonas liebt kein anderes Mädchen, er liebt dich und er hat in den zwei Tagen, in denen du ohnmächtig warst, einiges durchgemacht", sagte sie und verließ ebenfalls das Zimmer.

Ich brauchte eine Weile um zu begreifen, was gerade passiert war. *Jonas liebt kein anderes Mädchen. Er liebt mich und macht sich Sorgen um mich. Aber ich Nichtsnutz muss ihn ja unbedingt anschreien.* Augenblicklich sprang ich auf und wollte ihm nachlaufen, aber als ich mein Gewicht auf meine Füße verlagerte knickten sie unter mir weg. Doch dieses Mal war kein Jonas in der Nähe, der mir aufhalf.

Langsam stemmte ich mich hoch und ignorierte den Schmerz in meiner Brust. Ich riss die Tür auf und lief Richtung Thronsaal, in der Hoffnung ihn dort zu finden. Als ich dort ankam riss ich die Tür auf und platzte einfach so hinein. Alle im Saal starrten mich an.

Zögernd sah ich an mir hinab, und erschrak, ich hatte immer noch mein Nachthemd an und hatte eine richtige Sturmfrisur. Ich war kurz davor es mir anders zu überlegen, straffte aber dann die Schultern und fragte. „Wo ist Jonas?“

„Hier“, sagte er selbst und trat aus der Menge. „Was willst du?“, fragte Jonas mit steinerner Miene und kalter Stimme.

„Ich muss mit dir reden“, erwiderte ich und versuchte ruhig zu bleiben, „allein.“

Widerwillig folgte er mir aus dem Saal und in mein Zimmer. Jonas schloss die Tür hinter sich, drehte sich zu mir und wiederholte seine Frage: „Was willst du?“

Ich hatte so viel Mut und Überwindung gebraucht, dass ich jetzt müde auf mein Bett sank. Jetzt, wo er mit mir im Zimmer war, fiel mir ein, dass ich mir die ganze Zeit Sorgen gemacht hatte, was er wohl von mir denken würde, dass ich überhaupt nicht dran gedacht habe, was ich ihm sagen sollte. Also improvisierte ich. „Was ist gestern Abend passiert? Ich kann mich an alles, was nach dem Tanz passiert ist, nicht mehr erinnern.“ Er verschränkte die Hände und lehnte sich an die Tür. „Wir tanzten und sahen uns danach das Feuerwerk an …“, er machte eine Pause, als wollte er mir etwas verschweigen. „Und dann wurdest du ohnmächtig.“

Als Jonas das sagte war seine Stimme emotionslos und kalt. Es machte mich traurig ihn so zu sehen. „Es tut mir leid, dass ich dich so angeschrien habe“, jetzt konnte ich ihn nicht mehr ansehen, schon gar nicht in seine Augen. „Ich hörte, wie du zu

Yara sagtest, dass du ein Mädchen liebst, dem es schlecht geht. Ich war zutiefst verletzt, ich wusste nicht was du … wen du meinst. Ich kann mich nicht an gestern erinnern, aber irgendwas in mir sagt, dass es wunderschön war", jetzt konnte ich die Tränen nicht mehr zurückhalten.

Jonas' Gesichtszüge wurden mit einem Mal weich. Er kam zu mir und nahm mich in den Arm. Ich drückte mich an ihn und ließ meinen Tränen freien Lauf.

Als ich mich beruhigt hatte sagte ich: „Ich hatte wieder diesen Traum, in dem alle Sterne verschwinden und mich die Dunkelheit verschluckt."

„Ich würde sagen, wir bringen dich zur Seherin", erwiderte er und drückte mich noch enger an sich.

Später, als Jonas und ich fertig zum Aufbruch waren, riefen wir Yara hinzu und schickten sie zum König um ihm zu sagen, dass wir aufbrechen um die Seherin zu suchen.

Als wir in den Hof hinaus traten standen Sturmflut und Wolkenbruch schon gesattelt und startklar vor dem Tor. Also ritten wir los.

Wir galoppierten über Hügel, Felder und sogar an einem Wasserfall vorbei. Während des Rittes redeten wir nicht miteinander, denn Wolkenbruch folgte Sturmflut ohne zu überlegen. Nur hin und wieder, wenn Jonas mich fragte ob wir eine Pause machen sollten, was ich aber immer ablehnte, und wenn er fragte ob es mir gut ging.

„Und du hast wirklich keine Ahnung wo sie sich aufhalten könnte?", fragte ich nach langer Zeit.

„Leider nein. Sie hält sich immer wo anders auf", sagte er und brachte Sturmflut zum Stehen. „Komm, wir machen eine Pause."

Diesmal ließ er mir keine Zeit zu antworten, sondern stieg einfach ab. Dann ging er zu Wolkenbruch und half mir vom Pferd.

„Sollten wir die Pferde nicht anbinden?", fragte ich.

„Nein. Wolkenbruch wird ohne Sturmflut nirgends hingehen und er bleibt immer in meiner Nähe", Jonas zuckte mit den Schultern und setzte sich ins Gras.

„Ich will aber nicht hier sein, wenn es dunkel wird und die Sterne auftauchen“, warnte ich Jonas.

„Ich dachte, du liebst sie?“

„Ja, natürlich. Aber in letzter Zeit habe ich Angst vor ihnen. Ich weiß ja nicht, was am Ballabend passiert ist, aber ich habe das Gefühl, dass es wegen den Sternen passierte“, ich ging zu Jonas und setzte mich neben ihn.

„Ich verspreche, dass wir, wenn es dunkel wird, wieder im Schloss sind“, versuchte er mich zu beruhigen. „Und außerdem taucht die Seherin meistens dann auf, wenn man es aufgibt sie zu suchen.“

Jonas legte sich zurück ins Gras, ich tat es ihm nach und sah zu den Wolken hoch. Langsam zogen sie am Himmel vorbei und formten sich zu beliebigen Gebilden. Als ich im Augenwinkel ein kleines Eichhörnchen entdeckte. Es saß hoch oben in der Krone eines Baumes und beobachtete mich. Ich glaubte schon mich zu täuschen, als ich in türkis-grüne Augen blickte.

Plötzlich hörte ich ein schrilles Lachen. Ich schreckte herum und sah zum Wald hinüber, doch nichts und niemand war zu sehen. „Hast du das auch gehört?“, fragte ich Jonas.

Dieser nickte und stand auf. Auf einmal war es wieder da, dieses Lachen. Es hallte zwischen den Bäumen wider und wurde immer lauter.

Plötzlich schlug ein roter Blitz vor uns ein. Schlagartig wurden wir zu Boden geworfen. Das rote Licht blieb wie Nebel in der Luft hängen und verschleierte unsere Sicht.

Mühsam richtete ich mich auf und sah, dass Jonas immer noch am Boden lag. So schnell ich konnte rannte ich zu ihm und half ihm aufzustehen. Ich bemerkte, dass an der Stelle, wo der Blitz eingeschlagen hatte, ein Feuer brannte und eine alte verschrumpelte Frau neben der Feuerstelle saß.

Ich stützte Jonas und gemeinsam gingen wir langsam auf die Frau zu. „Ist sie das?“, fragte ich.

Jonas nickte, versuchte sich aufzurichten und schob mich gleichzeitig hinter sich.

„Komm ruhig näher, Sophie“, sagte die Seherin. „Ich werde *dir* nichts tun. Aber du schwebst in großer Gefahr.“

Ich trat hinter Jonas hervor und ging zu ihr hinüber. Jonas ging um das Feuer herum und setzte sich, ließ die Seherin aber nicht aus den Augen.

„Ich brauche Eure Hilfe …“, sagte ich zur Seherin, wurde aber von ihr unterbrochen.

„Nein, nein. *Wir* brauchen deine Hilfe.“

Verwirrt starrte ich sie an. „Warum braucht Ihr meine Hilfe?“

Die Seherin nahm meine Hände in ihre, sie waren kalt und verschrumpelt. „Wir brauchen sie alle, das ganze Magische Reich.“

„Aber, wieso …“, schon wieder unterbrach sie mich.

„Ich weiß, es geht dir nicht gut, aber du bist unsere einzige Chance.“

Die alte Frau ließ meine Hände los und nahm etwas, das wie blaues Pulver aussah, und blies es ins Feuer. Sofort wurden die Flammen höher und rund um uns wurde es finster. Langsam begann die Seherin zu sprechen, doch ihre Stimme hatte sich verändert, sie war tiefer und wirkte allgegenwärtig. „Die Prophezeiung wird erfüllt werden …“ Bilder wurden im Feuer sichtbar, die zu der Geschichte der Seherin passten. „Ein menschliches Mädchen wird in unsere Welt kommen, die Tochter der Sonne. Sie ist mit den Sternen verbunden“, man sah wie die Sterne nacheinander verschwanden.„Nur sie kann die Sterne retten, denn sie ist Luna, der Mond, und so der Hüter der Sterne und des Lichts. Doch wenn sie es nicht schafft, dann wird sie sterben und mit ihr das ganze Magische Reich.“

Ich wollte gerade fragen, warum es ausgerechnet ich sein musste, und wie ich die Sterne *retten sollte*, aber im selben Moment war sie verschwunden, mit ihr auch der Nebel und das rote Licht.

Jonas saß mit offenem Mund noch immer an derselben Stelle wie vorher, er konnte es genau so wenig glauben wie ich. Also fragte ich: „Können wir zurück? Es wird schon finster.“

9

Sie liegt auf der Wiese und sieht zu den Sternen. Aber plötzlich erlöschen die Sterne. Sie steht auf und sieht sich um. Alles um sie ist vertrocknet und verdorrt, das Schloss, das in der Ferne sichtbar ist, zerbröckelt und von Dornen überwuchert. Tote Feenwesen liegen am Boden, auch Jonas und der König. Sie kann nicht glauben, dass das alles ihre Schuld ist, nur weil sie nichts unternommen hat. Langsam kniet sie sich zu Jonas auf den Boden. Dann ist es finster, sie werden von der Dunkelheit verschluckt.

Ich schlug die Augen auf. Ich war am ganzen Körper nassgeschwitzt und mir tat alles weh. Selbst meine Hände schmerzten als ich die Bettdecke zurückschlug. Langsam richtete ich mich auf, setzte die Füße auf den Boden und verlagerte mein Gewicht. Ich machte einen Schritt, doch meine Knie gaben nach und ich landete unsanft auf dem Boden. Automatisch griffen meine Hände nach der Bettkante um mich hochzuziehen, aber ich schaffte es nicht. Geschwächt sank ich gegen mein Bett und rief mit zitternder Stimme: „Yara! Hilfe …"

Doch meine Stimme versagte.

Ein paar Sekunden später, *mir kam es vor wie eine Ewigkeit*, eilte Yara herein. „Ach du meine Güte!" Sie wurde bleich, als sie mich am Boden sah, obwohl ich ebenfalls mindestens genau so blass war wie eine Leiche, sagte sie: „Was ist passiert?!“

Schnell kniete sie sich zu mir und half mir auf. Als ich endlich wieder auf meinem Bett saß wiederholte Yara ihre Frage. „Ich … meine Füße sind weg geknickt und ich konnte mich nicht aufrichten“, antwortete ich mit immer noch zitternder Stimme.

Unwillkürlich musste ich an die Worte der Seherin denken. *Die Sterne erlöschen und nur sie kann uns retten. Doch wenn sie es nicht schafft, stirbt sie und mit ihr das ganze Magische Reich.*

In diesem Moment fasste ich den Entschluss aufzubrechen, um die Sterne, das Magische Reich und nebenbei auch mich zu retten. Auch wenn ich keine Ahnung hatte wie. „Yara, bitte hol Jonas, ich muss aufbrechen!“

„Aber das Tor ist noch nicht offen“, erwiderte sie zögernd.

„Ich habe keine Zeit zu erklären. Jonas, frag ihn.“

Ich sammelte meine Kraft und schwang mich aus dem Bett. Doch als ich mich auf meine Füße ließ spürte ich den Schmerz wiederkommen und konnte ein Stöhnen nicht unterdrücken, schaffte es aber stehen zu bleiben. Augenblicklich rannte Yara aus dem Zimmer, um Jonas zu holen.

Schwankend ging ich zu dem kleinen Tisch, auf dem meine Jeans und mein T-Shirt lagen, hinüber und versuchte mich anzuziehen.

Durch den Spalt in der Tür, den Yara offengelassen hatte, hörte ich eilige Schritte und Jonas’ Stimme. „Was ist los? Was will sie mir sagen?“

„Keine Ahnung. Sie sagte nur, dass sie dich sprechen will“, keuchte Yara.

Dann schlug die Tür auf und Jonas war mit gut zehn Schritten bei mir. „Was ist passiert, Sophie? Was musst du mir sagen?“

Ich liebte es, wie er meinen Namen sagte, vor allem wenn er ihn mit solcher Sorge und Fürsorge aussprach. Doch darum ging es in dem Moment nicht. „Yara, könntest du bitte kurz hinausgehen?“

Sie nickte und verließ das Zimmer. Ich sah ihr nach und wartete bis sie die Tür geschlossen hatte. Dann sah ich Jonas an, der mich fragend anblickte. Seine bernsteinfarbenen Augen ruhten auf mir, während ich mich aufrichtete und ihm von meinem Entschluss erzählte. „Ich werde aufbrechen und versuchen die Sterne zu retten. Ich bin nicht sicher, ob die Seherin Recht hat."

Jonas starrte mich jetzt nur noch entgeistert an. „Das ist doch Schwachsinn! Es ist zu riskant, vor allem weil es dir nicht gut geht." Er schüttelte den Kopf und wartete darauf, dass ich ihm Recht gab.

Doch er wartete vergeblich. „Nein, ich kann nicht hierbleiben und zusehen, wie die Sterne nacheinander verschwinden und alle sterben. Ich hatte heute wieder diesen Traum, alle lagen tot am Boden, du auch. Ich kann das nicht zulassen, vor allem nicht, wenn es meine Schuld ist. Ich muss es in Ordnung bringen."

Langsam nickte Jonas und sagte: „Also gut. Ich packe meine Sachen und dann gehen wir." Er wollte sich schon umdrehen, als ich ihn an der Hand packte. „Du kommst nicht mit …" Ich holte tief Luft und wich seinem Blick aus. „Ich gehe alleine."

„Warum?!"

„Weil du doch sicher Aufgaben hast als Prinz. Und außerdem will ich nicht, dass du da mit reingezogen wirst."

„Das sind wir doch alle schon!", er machte eine umfassende Handbewegung.

Ich setzte an um noch etwas zu erwidern, doch Jonas unterbrach mich. „Na schön, ich lasse dich gehen, aber nur unter einer Bedingung … Du passt auf dich auf und kommst wieder zurück."

Jetzt war Jonas nur noch einen Schritt von mir entfernt, er machte noch einen und sah mir tief in die Augen. Dann beugte er sich hinunter zu mir um mich zu küssen, doch ich zuckte zurück, stolperte und landete auf dem harten Marmorboden.

Stöhnend rieb ich mir den Hintern. Jonas reichte mir die Hand und zog mich auf die Beine. „Tut mir leid. Ich dachte, …"

„Nein, nein. Das ist es nicht. Aber ist es nicht noch etwas früh?", sagte ich, obwohl ich mir dachte: *Was rede ich denn da?! Ich will doch, dass er mich küsst!*

Jonas nickte betrübt und ging aus dem Zimmer. Doch bevor er die Tür schloss sagte er: „Ich werde Yara sagen, dass sie dir eine Tasche bringen soll.“

Es tat weh ihn so zu sehen. Alles in mir schrie danach ihm nachzulaufen und ihm zu sagen, dass ich einen Fehler gemacht habe und ich möchte, dass er mitkommt, aber irgendwas in mir sagte mir, dass ich das Richtige gemacht habe … auch wenn ich es nicht wollte.

Eine halbe Stunde später kam Yara wieder herein und brachte mir einen großen Lederrucksack mit Proviant. Sie sagte nichts, erst als sie hinausging schüttelte sie kaum merklich den Kopf.

Ich ging zu meinem Bett, auf das sie den Rucksack gelegt hatte, und sah hinein. Es waren einige Äpfel, etwas Brot, Käse und etwas Eigenartiges darin. Ich zog es heraus, es war ein Köcher mit Pfeilen und ein Bogen. Der Bogen war kunstvoll geschwungen und hatte das Wappen des Schlosses eingraviert. Ich war unglaublich froh um diese Waffe. Nun wusste ich, wie ich mich verteidigen konnte, denn im Bogenschießen war ich ein Ass.

Schnell packte ich den Bogen und den Köcher wieder ein und schwang sie mir um.

Draußen am Tor wartete der ganze Hofstaat auf mich, selbst der König war gekommen um mich zu verabschieden. Alle waren hier, alle bis auf einen, Jonas. Ich hatte ihn seit er aus meinem Zimmer gestürmt war nicht mehr gesehen. Auf einmal legte sich eine schwere Last auf mich nieder und brachte mich zum Schwanken, ich fing mich jedoch sofort wieder. Es war als ob mich etwas daran hindern wollte loszugehen. Doch ich entschloss mich es zu ignorieren und einfach zu gehen.

Ich lief los, ohne zurück zu blicken, ich drehte mich kein einziges Mal um. Denn ich wusste, dass es nur wehtun würde.

Zügig ging ich den Weg, der vom Schloss wegführte, entlang. Ich hatte keine Ahnung wohin ich gehen musste, doch etwas in mir zog mich in eine Richtung und ich wusste, dass ich, wenn ich dem Gefühl folgte, dort ankommen würde, wo es mein *Schicksal* wollte. Auch wenn ich nicht wusste, was dann, wenn ich dort war, zu tun war.

10

Ich ging schon seit einer Stunde an einer steilen Felswand entlang, als ich etwas weiter oben einen Höhleneingang entdeckte. Kurzerhand beschloss ich die Nacht darin zu verbringen und kletterte ungeschickt und nicht viel eleganter als ein Elefant in Stöckelschuhen hinauf.

Seufzend legte ich meine Sachen auf den Höhlenboden, schnappte mir Pfeil und Bogen und sprang wieder aus der Höhle, um Holz für ein Feuer zu sammeln.

Weil ich mich nicht zu sehr von der Höhle entfernen wollte, ging ich zum nächstgelegenen Baum und wollte trockene Blätter sammeln. Als es plötzlich in der Baumkrone krachte und ein großer Ast herunterfiel. Schnell sprang ich zurück, um dem Ast auszuweichen. Ich sah hinauf, entdeckte jedoch nichts, was den Ast hätte abbrechen können. Denn die Blätter waren dicht beieinander und ermöglichten keine Sicht hindurch.

Überzeugt davon, dass der Ast durch Zufall heruntergekracht war, schleppte ich ihn hoch und zerrte ihn in die Höhle. Dort riss ich die Blätter ab und warf sie hinaus. Ich rieb mit einem dünnen Ast auf den trockenen Blättern herum und versuchte ein Feuer zu entfachen. Einige Minuten später rauchte es ein wenig und kleine Flammen brannten sich in die Blätter.

Zufrieden packte ich etwas zu essen aus und sah aus der Höhle. Draußen blies ein leichter Wind, der jedoch nicht bis herein gelangte, und die Blätter der Bäume zum Rascheln brachte.

Ich sah, dass sich langsam Wolken am Himmel auftürmten und die Sonne verdeckten. Schlagartig musste ich an Jonas denken.

Ich fragte mich, was er wohl gerade machte, ob er an mich dachte, oder wütend war wegen dem *Fast*-Kuss. Es machte mich traurig daran zu denken, wie ich es versaut habe.

Aus der Ferne konnte ich schon Blitzlichter sehen und Donnergrollen hören. Ich hatte mich noch nie vor Gewittern gefürchtet, auch nicht als ich noch ein Kleinkind war.

Stundenlang saß ich vor dem Fenster, sah den Blitzen zu wie sie über den Himmel zuckten und lauschte dem Donnergrollen.

Doch heute war es anders, es war näher, lauter und vor allem wirkte es als wären es rote Pfeile, die über den Himmel schossen. Das Schlimmste aber war, dass es die Sterne verdeckte. Ich hatte das Gefühl, dass die Sterne längst verschwunden waren und es der Anfang vom Ende war.

Mit mulmigem Gefühl im Bauch legte ich mich mit meinem Mantel auf den Boden und versuchte zu schlafen.

Sie liegt auf der Wiese. Es ist finster und es sind nur noch wenige Sterne zu sehen. Doch auch diese erlöschen.

Sie steht auf und sieht sich um. Dann bemerkt sie, dass Jonas neben ihr steht und ihre Hand hält. Plötzlich aber erschlafft seine Hand und er fällt um. Sie stürzt zu ihm, doch es ist zu spät. Jonas stößt den letzten Atemzug aus …

Sie weint, doch die Dunkelheit erreicht auch sie.

Ich schlug die Augen auf und fragte mich, wann ich wohl eingeschlafen war, da ich noch lange wegen des Gewitters nicht schlafen konnte.

Mühsam richtete ich mich auf und sah zur Feuerstelle, sie brannte. *Müsste das Feuer nicht längst niedergebrannt sein?*

Verwundert sah ich in die Flammen und merkte, dass mehrere Äste im Feuer lagen. Jemand musste sie hineingelegt haben.

Ich stand auf und sah mich in der Höhle um, da mich der Gedanke daran, dass jemand frische Äste ins Feuer gelegt hatte, gruselte.

Ich packte schnell meine Sachen, trat das Feuer aus und ging aus der Höhle.

Zuerst lief ich auf einem schmalen Pfad entlang und bald schon auf gar keinem Weg mehr. Die Blätter am Boden raschelten bei jedem Schritt. Sie waren rot-golden gefärbt, schillerten leicht in der Morgensonne. *Warte …,* dachte ich, *war es nicht Frühling als ich losgegangen war?* Ich sah hoch zu den Baumkronen, kein einziges Blatt hing mehr an den Ästen.

Fassungslos ging ich weiter, ich konnte es mir einfach nicht erklären.

Auf einmal hörte ich ein Rascheln hinter mir. Ich schnellte herum und zog Pfeil und Bogen. Langsam ging ich auf das Gebüsch zu. Doch ich hörte nichts mehr. Vorsichtig bog ich die Äste auseinander, konnte aber nichts entdecken.

Zögernd steckte ich Bogen und Pfeil wieder weg und lief weiter.

Ich ging durch den Wald, bis ich zu einer Lichtung kam, dort legte ich eine Pause ein und packte etwas zu essen aus.

Es fing an zu dämmern, als ich nach einem langen und mühsamen Weg endlich aus dem Wald herauskam. Ich stieg einen kleinen Hügel hinauf und beschloss heute unter freiem Himmel zu schlafen, wenn es eine klare Nacht werden würde. Es war keine einzige Wolke zu sehen, deshalb legte ich mich ins weiche Gras und wartete darauf, dass es dunkel wurde.

Schon bald waren die ersten und hellsten Sterne zu sehen. Es war als würde man eine riesige Lichterkette, die am Himmel hing, einschalten und Licht für Licht fing zu leuchten an.

Ein paar Minuten später waren Millionen und noch mehr Sterne zu sehen. Ich hatte das Gefühl, dass sich meine Augen weiteten und ich plötzlich mehr wahrnahm und auf einmal mehr sehen konnte.

Es war der Wahnsinn, ich fühlte mich mit der Nacht verbunden. Die Sterne schienen viel größer und vor allem näher. Sie leuchteten um die Wette, fast so als wollten sie mir gefallen

Rund um mich war es ruhig und dunkel geworden. Nichts war mehr zu hören, die Vögel hatten aufgehört zu singen und auch das Rauschen des Windes war nicht mehr zu hören. Ich lauschte in mich hinein und auf einmal erklang eine leise Melodie, es hörte sich an als würde jemand in die Nacht hinein summen.

Zuerst dachte ich, dass ich mir das nur einbildete, doch es wurde immer lauter. Dann war ich mir sicher, dass das, was ich hörte, von den Sternen ausging.

Meine Augenlider wurden mit einem Mal ganz schwer. Ich fühlte mich als würde ich in den Schlaf gesungen. Es war ein Lied, das mir als Kleinkind immer vorgesungen worden war, da war ich mir sicher. Aber das, was mich daran störte, war, dass mich meine Mutter und auch sonst niemand je in den Schlaf gesungen hatte. Meine Mutter hatte mir einmal gesagt, dass ich immer, sobald ich im Bett war, sofort eingeschlafen war.

Doch um über das nachzudenken war ich einfach zu müde, also schloss ich die Augen und schlief. Diese Nacht jedoch hatte ich keinen Traum.

Als ich am nächsten Tag aufwachte fror ich am ganzen Körper. Ich blickte in den Himmel … es schneite!! Überall lag Schnee, alles war weiß.

Schnell stand ich auf und klopfte mir den Schnee von der Kleidung und vom Kopf. Ich rieb mit den Händen über die Schultern, um mich aufzuwärmen. Dann schwang ich mir den Rucksack um und nahm Köcher und Bogen in die Hand.

Ich war völlig verwirrt. Es schneite!? Wie war das möglich?

Ich konnte es mir einfach nicht erklären. Also stapfte ich den Hügel hinunter. Der Schnee war inzwischen gute zwanzig Zentimeter tief. Doch plötzlich knickten meine Füße ein und ich fiel der Länge nach in den Schnee.

Mühsam versuchte ich aufzustehen, doch ich schaffte es nicht, immer wieder brach ich zusammen. Verzweifelt und haltlos lag ich im Schnee und begann zu frieren.

Auf einmal hörte ich wie jemand nach mir rief. „Sophie! Du musst aufstehen, sonst erfrierst du!!“ *Die Stimme könnte Jonas gehören,* dachte ich, doch sie drang nur gedämpft zu mir durch.

Da griff jemand nach meinen Schultern und zog mich hoch. Ich konnte nur Umrisse einer Person erkennen. Sie schlang die Arme um mich und versuchte mich zu wärmen.

Die Gestalt legte mir einen Mantel um die Schultern und hob mich mühelos hoch, als wäre ich leicht wie eine Feder. In diesem Moment erkannte ich die Person. Es war Jonas, er war es wirklich!

Ich war hin und her gerissen, eigentlich sollte er gar nicht hier sein, doch jetzt war ich einfach froh, dass er da war!

Also drückte ich mich eng an ihn und versuchte das Zittern zu unterdrücken. Es waren nur wenige Sekunden, die wir so da standen, doch für mich waren es Stunden. Dann aber ging er los und trug mich aus der Winterlandschaft.

Er ging den Hügel hinunter und über die Wiese. Eine Weile lang ging er einfach nur geradeaus, er sagte nichts und sah mich auch nicht an. Ich fragte mich, ob ich ihm nicht zu schwer war, doch er ließ sich nichts anmerken.

Kurze Zeit später war ich auch schon eingeschlafen. Meine Lider wurden schwer, doch bevor ich sie schloss sah ich, dass Jonas mich anblickte.

11

Ich war unendlich froh, dass ich ihr gefolgt war. Zwar habe ich ihr nicht nur geholfen, ich hätte sie beinahe unter einem Ast begraben, doch als sie im Schnee zusammengebrochen war dankte ich Gott für meine Anwesenheit.

Es dauerte auch nicht lange und sie war vor Erschöpfung in meinen Armen eingeschlafen. Ich brauchte nicht lange um meine bescheidene Jagdhütte zu erreichen. Dort angekommen legte ich sie auf das kleine Bett und begrub sie unter allen Decken, die ich hatte, um sie zu wärmen.

Zu meiner Erleichterung, wachte sie wenig später wieder auf.

12

Sie liegt auf der Wiese und sieht zu den Sternen. Doch sie entfernen sich immer mehr, bis sie aufhören zu leuchten. Sie steht auf, schafft es aber nicht, sich auf den Beinen zu halten. Dann fällt sie hin, doch sie landet nicht auf dem Boden, sie fällt immer weiter.

Verzweifelt schlägt sie mit den Armen um sich, als sie plötzlich auf einem harten Untergrund aufschlägt.

Dann sieht sie auf ihre Hände, sie glühen! Ihr war mit einem Mal furchtbar heiß und sie beginnt zu schwitzen. Bis die Dunkelheit selbst ihr Glühen verschlingt.

Ruckartig schlug ich die Augen auf. Jonas hielt mich in seinen Armen und versuchte mich zu beruhigen. Langsam löste ich mich von ihm, und sah ihn an.

„Was ist los?“, fragte ich.

„Du hast im Schlaf um dich geschlagen, dann bist du auf den Boden gefallen. Auf einmal hast du begonnen zu glühen, dein Körper wurde furchtbar heiß und ich wusste nicht, was ich tun sollte, du wurdest einfach nicht munter“, prüfend sah er mich an.

Erst jetzt bemerkte ich, dass wir in einer Hütte waren. Ich sah mich um, es stand ein kleiner Tisch in der Mitte, neben mir und Jonas, der immer noch auf dem Boden saß, stand ein schlichtes Bett. Ein kleiner Ofen und ein Kasten standen in der Ecke.

„Wo sind wir?“, fragte ich verwundert.

Jonas ließ seinen Blick durch den Raum gleiten und sagte: „In einer meiner Jagdhütten.“

Wie lange er mich wohl getragen hat? Es war eine von vielen Fragen, die in mir brannten, doch keine davon stellte ich ihm. Ich wollte den Moment einfach nicht ruinieren, außerdem sagte etwas in mir, dass ich es nicht tun sollte.

Gemeinsam saßen wir auf dem Boden. Jonas hielt mich in seinen Armen. Es waren Stunden, in denen wir einfach so da saßen.

Später stiegen wir einen steilen Hang hinunter. Die Sonne strahlte und Vögel sangen. Das Gras war saftig grün und hunderte verschiedener Blumen wuchsen am Boden. Sie verströmten einen betörenden Duft und es schien als wollten sie sich dem Sonnenlicht entgegenstrecken.

Jonas bückte sich und pflückte eine himmelblaue Blume, sie war in der Mitte gelb gesprenkelt und duftete süßlich. Kurzerhand steckte er mir die Blüte in die Haare. Dafür schenkte ich ihm ein strahlendes Lächeln. In Jonas' Augen war ein Funkeln zu sehen und er versuchte sein eigenes zu verstecken.

Fest entschlossen nahm ich seine Hand und wir rannten den Hang hinunter. Hand in Hand liefen wir über Felder, Wiesen und immer dem Gefühl in meiner Brust nach.

Summend flogen Bienen und Schmetterlinge um uns herum.

In diesem Moment war ich einfach glücklich und die Zeit schien stehengeblieben zu sein.

Die Sonne wanderte sichtbar immer weiter den Himmel hinauf. Da wir schon einen weiten Weg zurückgelegt hatten, beschlossen wir eine Pause einzulegen und etwas zu essen.

Wir setzten uns in die Wiese und packten unsere Vorräte aus.

Ich nahm mir einen Apfel heraus und biss hinein, er war saftig und süß.

In mir stieg ein strahlendes Lachen auf. Eigentlich war es ja völlig verrückt, *ich und die Auserwählte.* Das konnte wirklich nicht sein. Doch es war so, langsam fing ich an daran zu glauben, dass ich nicht jeden Moment aufwachte.

Auf dem Himmel war keine einzige Wolke zu sehen, nur ab und zu flogen ein paar Vögel vorbei.

Plötzlich war ein leises Lachen zu hören und im hohen Gras raschelte es.

„Wer ist da?“, schnell drehte ich mich herum.

Langsam flogen fünf kleine Feen aus dem Gras.

Eine mit langem braunem Haar trug ein hellgrünes Kleid. Eine andere mit blonden Locken trug ein himmelblaues und wieder eine, mit brünett geflochtenem Haar, trug ein strahlendes oranges Kleid. Zwei, vermutlich Zwillinge, mit glattem braunem Haar mit Strähnchen, trugen violette Kleider. Alle waren super süß und nur gut zehn Zentimeter groß.

Dann hoben sie gemeinsam etwas hoch, es war ein Blumenkranz!

Alle möglichen Blumen waren hineingeflochten und mit langen Gräsern zusammengebunden worden. Vorsichtig setzten mir die Feen den Kranz auf den Kopf und machten es sich auf meinen ausgestreckten Beinen gemütlich. Eine der Feen, die mit den langen braunen Haaren, fragte uns: „Was führt euch hier her? Es kommen nur sehr selten Elfen in diese Gegend.“

„Ich bin keine Elfe“, erwiderte ich zaghaft. „Wir sind dabei das Magische Reich zu retten.“

Als die kleine Fee das hörte erschrak sie. „Ein M … Mensch? … Und das Magische Reich retten?“

„Ja. Sie ist ein Mensch, aber irgendwie auch wieder nicht. Mach dir um das Reich keine Sorgen, ich verspreche wir werden das schaffen“, Jonas sagte das mehr an mich gerichtet als an die Fee.

„Wo wollt ihr eigentlich hin?“, fragte eine der Feen, die auf meinem Knie saßen.

„Keine Ahnung. Jonas und ich …“

„Jonas … Prinz Jonas von Litrium?!“, die blond gelockte Fee unterbrach mich.

Jonas grinste breit und sagte: „Höchstpersönlich“, kurz genoss er seine Autorität, bevor wir beschlossen wieder aufzubrechen.

Während wir gingen dachte ich immer wieder an die kleinen Feen, die so zart, so unschuldig einfach mit hineingezogen wurden, und an das Versprechen, das wir alles wieder hinkriegen. Ich drehte mich um, blickte zurück und erstarrte. Zwei türkis-grüne Augen blickten mir aus dem Gas entgegen. Ein kleiner brauner Hase beobachtete mich, bis er Näschen zuckend weiter hüpfte.

„Wir müssen das schaffen. Wir ... ich muss sie retten“, sagte ich mir selbst, während ich versuchte mich nicht über den Hasen zu wundern.

Ehe ich mich versah standen wir vor einem dunklen und düsteren Wald. Ich zögerte kurz als wir hineingingen. Die Bäume waren riesig ... nein, gigantisch! Die Äste ragten in die Höhe und versperrten dem Sonnenlicht den Weg.

Wir waren erst einige Schritte hineingekommen, als Jonas sagte: „Warte ...“, er hielt eine Hand vor mich und hinderte mich somit am Weitergehen.

Dann trat er einen Schritt nach vorne. Leise pfiff er in den Wald hinein, der Pfiff hallte zwischen den Bäumen wider. Zuerst passierte nichts, doch dann flackerte etwas in der Luft.

Langsam wurde es heller. Ich konnte nicht genau erkennen was das war, aber es sah aus wie Goldstaub, der in der Luft hing.

„Was ist das?“, fragte ich.

„Magie ...“, sagte er, aber es wirkte nicht wie ein Scherz.

Mich wunderte es jedoch nicht, da ich ja in der *Magischen Welt* war. „Was genau?“

„Vor vielen Jahren schlug ein Meteorit bei uns, in der Magischen Welt, ein. Abgesehen davon, dass dies ein Ding der Unmöglichkeit ist, war es kein normaler Meteorit, er war riesig ... er war aus Gold. Als er einschlug verteilte sich sein Goldstaub übers ganze Land, doch er ist nur in wenigen Wiesen und Wäldern noch zu finden.“

Vorsichtig machte ich ein paar Schritte nach vorne und blickte mich um.

Auf einmal spürte ich einen unsagbar schmerzhaften Stich in meiner Brust. Mir wurde kurz schwarz vor Augen und ich hatte das Gefühl, jeden Augenblick umzufallen. Stöhnend stürzte ich auf die Knie, es tat einfach so weh!! Ich hatte wortwörtlich das Gefühl als würde mir jemand mit eiskalter Hand das Herz aus der Brust reißen. Aber das Schlimmste war: zum ersten Mal, seitdem ich hier war, hatte ich Angst vor mit selbst!

Jonas hob mich hoch und drückte mich an sich. Langsam drehte er sich um und wollte zurück hinaus aus dem Wald, als plötzlich ein lautes Knurren ertönte.

Obwohl Jonas mich auf dem Arm hatte drehte er sich flink um.

Langsam kam eine große Schnauze aus dem Gebüsch hervor. Es war der Wolf, der Wolf von meiner ersten Begegnung mit Jonas. Jedoch erschienen hinter ihm noch mehr. Es war ein ganzes Rudel.

„Matrix-Wölfe", flüsterte Jonas.

Der Wolf antworte mit einem lauten Knurren. „Lass sie runter!"

Vorsichtig setzte Jonas mich ins Laub. „Was willst du?"

„Das Mädchen. Gib sie mir, es ist mein Auftrag."

„Was willst du mit ihr?", langsam zog Jonas sein Schwert unter seinem Mantel hervor. Während die anderen Wölfe uns umzingelten.

Langsam versuchte ich mich wieder aufzurichten, als einer der etwas kleineren Wölfe zum Sprung ansetzte. Sobald ich in einer etwa senkrechten Lage war, spürte ich den Schmerz wieder. Ich zuckte zusammen und stöhnte. Jonas, der die Wölfe nicht aus den Augen ließ, hatte sichtlich Sorge um mich.

„Also ist es wahr", sagte eine klare und kühle Stimme hinter mir.

Qualvoll drehte ich mich um.

Ein Junge war zwischen den Bäumen hervorgekommen.

Er war genau so groß wie Jonas, hatte blondes, fast weißes Haar, und tiefblaue Augen. Er hatte einen Waffengurt umgehängt, in dem ein langes, blau glänzendes Schwert hing, das ihn sehr gefährlich aussehen ließ. „Luna", sagte er.

13

Ich wurde wach, als ich Schritte neben mir hörte. Als ich mich aufrichtete sah ich, dass ich in einem *Zelt* lag. Es sah aus wie ein Tipi aus den Filmen. Das Bett, in dem ich lag, war mit Fellen bedeckt.

Jonas, der gerade bemerkte, dass ich wach wurde, kam zu mir herüber.

„Wie geht es dir?“, fragte er.

Schläfrig rieb ich mir über die Stirn. „Besser.“

Gerade als ich fragen wollte wo wir waren, kam jemand ins Zelt.

Es war der Junge aus dem Wald. „Na, endlich wach, Dornröschen?“

„Wer ist das, Jonas?“, fragte ich leise.

Der Fremde grinste. „Ich bin Marik. Keine Ahnung ob du mich *noch* kennst, aber vielleicht hat dir Jonas ja etwas über mich erzählt.“

Ich wandte mich wieder Jonas zu. „Marik, der Junge aus deiner Kindheit?“

Er nickte.

„Warum sollte ich dich kennen? Wie du wahrscheinlich siehst bin ich ein Mensch“, sagte ich mit hochgezogener Augenbraue zu Marik.

„Weiß nicht … Vielleicht bist du nicht das, was du denkst?", er zuckte mit den Schultern und fügte hinzu: „Beeilt euch, wir sollten aufbrechen."

Sobald er draußen war, setzte sich Jonas zu mir aufs Bett.

„Was bildet sich der denn ein?!", fragte ich entrüstet.

Jonas seufzte und antwortete. „Er hat gesagt er will uns begleiten. Und ich glaube, er weiß mehr über dich als wir denken."

In seinem Gesichtsausdruck konnte ich erkennen, dass ihm dieser Gedanke nicht gefiel, doch ich sagte nichts, da ich selbst mit der Lage überfordert war.

Später erfuhr ich, dass wir in einem kleinen Dorf waren, das zum Königreich Matrix gehörte. Außerdem teilte mir Marik mit, dass er der Prinz von Matrix war.

„Ich habe drei Geschwister, einen kleineren Bruder und zwei ältere, naja …", er sah mir tief in die Augen. „Wir hatten eine jüngere Schwester, doch ein paar Tage nach der Bekanntgabe ihrer Geburt wurde sie entführt. Wir haben überall nach ihr gesucht, das ganze Reich half mit, doch sie tauchte nicht auf."

Er wirkte traurig als er das sagte. Das Lächeln war aus seinem Gesicht verschwunden. Mitfühlend legte ich ihm eine Hand auf die Schulter. Jonas, der neben mir ging, schnaubte genervt und beschleunigte seine Schritte.

Ich ignorierte seine sture Art und fragte Marik: „Seit wann kennt Jonas und du euch schon?"

Er seufzte, so als hätte er gewusst, dass ich das fragen würde. „Wir kennen uns sozusagen seit unserer Geburt, unsere Mütter waren beste Freunde und sicher wären sie es noch, wenn Jonas seine nicht …", Marik unterbrach sich selbst als er mich ansah.

Ich versuchte zu lächeln, doch ich brachte es nicht zusammen.

„Lun …", setzte er an, doch in dem Moment rief Jonas zu uns zurück. „Sophie, kommt nach vorne!"

Mit schnellen Schritten eilten wir zu ihm.

„Was ist los?", fragte ich. Jonas nickte in eine Richtung.

Schnell folgte ich seinem Blick und sah es.

Eine riesige Schlucht lag vor uns. In ungefähr zehn Metern ging es steil hinab. Dunkler Nebel stieg aus der Tiefe hervor und erst jetzt fiel mir auf, dass alle Pflanzen um uns herum verdorrt und ausgetrocknet waren und nichts außer leises Flüstern, das aus dem Graben aufstieg, zu hören war. Es waren keine Tiere zu sehen, es sah unglaublich trostlos aus.

„Was ist hier passiert?“, stammelte ich. Ein kalter Wind blies durch meine Haare und jagte mir einen Schauer über den Rücken.

Jonas machte eine Handbewegung und deutete über die tote Landschaft. „Hier hat der Krieg der Kriege stattgefunden.“

„Es waren die Menschen, sie haben versucht alles an sich zu reißen“, setzte Marik mit tonloser Stimme fort.

„Aber warum? Ich dachte, sie wussten gar nicht, dass es euch gibt“, fragte ich, konnte meinen Blick aber nicht von der Schlucht abwenden.

„Zu dieser Zeit waren die Menschen und die Magischen wie Geschwister, alles, was sie besaßen, teilten sie“, Marik sah zu seinen Wölfen und dann zu Jonas, der fortsetzte. „Die Menschen bewunderten die Magischen, sie staunten über die Dinge, die sie sich nicht erklären konnten. Für Menschen musste immer alles erklärbar sein, alles wollten sie kontrollieren.“

„Und so kam das Unvermeidliche, die Menschen beneideten uns, sie waren eifersüchtig auf unsere Gabe. Und weil sie unsere Gabe nicht erlernen und auch nicht stehlen konnten, beschlossen sie, dass niemand sie haben sollte.“

Ich bekam eine Gänsehaut als Jonas weitersprach. „Es dauerte nicht lange und sie kamen mit all ihren Kampfmaschinen in unsere Welt. Die großen Könige versuchten sie umzustimmen und mit ihnen zu reden, doch die Menschen waren gnadenlos“, Jonas wandte sich ab und sah in die Ferne. „Meine Mutter war dabei, sie war immer für Frieden, doch sie kehrte nie mehr zurück. Sie wurde von den Menschen umgebracht, mein Vater konnte sie nicht mehr retten. Und so erklärten sie den Krieg.“ Als er seine Hände zu Fäusten ballte, griff ich nach seiner Hand und hielt sie fest.

Marik vollendete zögernd die Geschichte. „Der Krieg artete aus. Die Menschen zerstörten unsere Welt mit allen möglichen Dingen, aber nicht nur das Magische Reich litt darunter, auch die Welt der Menschen trug Schäden davon. Die Luft wurde verschmutzt, auch Tiere starben und das Klima veränderte sich. Unsere Welt jedoch war dazu im Stande, sich größtenteils zu regenerieren, die Elfen halfen der Natur und auch andere magische Wesen halfen zusammen und bauten die Welt neu auf …", Marik machte eine Pause und sah mich an. „Zu unserem Schutz löschten wir die Erinnerungen der Menschen an uns. Nur schleierhafte Bilder von uns blieben ihnen, woraus dann all die Märchen und Sagen entstanden."

Nach dieser Geschichte sagte niemand mehr etwas. Wortlos gingen wir auf die Schlucht zu. Während wir näher herankamen wurde der Nebel immer dichter und man hatte das Gefühl, keine Luft mehr zu bekommen. Leises Flüstern und Säuseln kam mit dem Nebel aus dem Graben heraus.

Bald schon konnten wir nur noch den Boden sehen, aber auch diesen nur mehr sehr vage.

Jonas ging hinter mir und Marik mit den Wölfen vor mir. Langsam tasteten wir uns unseren Weg vorwärts.

Auf einmal jedoch stolperte ich über eine Wurzel, und bevor ich auf dem Boden landete schnellte eine Hand um meine Taille und zog mich wieder hoch. Marik ließ mich erst einige Sekunden, nachdem ich wieder stand, los. Dann drehte er sich um und ging unberührt weiter, trotzdem konnte ich spüren wie Jonas Marik durch den Nebel anfunkelte.

Als wir an der Schlucht ankamen blickten wir gut vierzig Meter in die Tiefe. Eine steile Felswand aus schroffem Stein, aus der nur wenige Vorsprünge hervor schauten.

Ich schloss die Augen, ich hatte furchtbare Höhenangst! Ich habe mich nie getraut auf Aussichtstürme zu gehen, genauso hatte ich Angst davor in einem Schilift zu fahren.

Schnell trat ich einige Schritte zurück. „Wie wollen wir da hinüberkommen?", verzweifelt versuchte ich mich zu beruhigen. *Einatmen … ausatmen.*

„Wir klettern", hörte ich Mariks Stimme.

Ich sah zu Jonas, dessen Umrisse nur leicht im Nebel zu sehen waren. „Wenn du möchtest, können wir auch einen anderen Weg nehmen, Sophie."

Ich atmete noch einmal tief durch und sagte: „Nein. Wir können uns nicht erlauben noch länger zu brauchen. Wir müssen da runter."

„Na gut …", sagte plötzlich der Leitwolf Nero. „Wir treffen euch am anderen Ende der Schlucht." Einerseits war ich froh darüber, die Wölfe für einige Zeit los zu sein, doch jetzt, wo wir in eine DUNKLE, GRUSELIGE, UNHEIMLICHE Schlucht kletterten, wären sie ein gutes und sicheres Gefühl.

Ohne zu zögern schwang sich Marik über die Felskante. Ich folgte ihm, ich setzte mich an die Kante, drehte mich um und ließ mich hinuntergleiten. Vorsichtig tastete ich mit den Füßen nach kleinen Vorsprüngen.

Jonas wartete bis ich etwas voran gekommen war, dann stieg er mir hinterher.

Der Fels war glitschig und man fand schlecht Halt. Immer wieder rutschte ich ab und verlor ihn. Marik kletterte geschickt voran, bei ihm sah es so einfach aus. Flink tastete er sich von Vorsprung zu Vorsprung.

Jonas und ich kamen nur langsam weiter. Als ich nach oben blickte sah ich, dass wir erst gut drei Meter hinter uns gebracht hatten. Leise seufzte ich in mich hinein.

Langsam arbeitete ich mich weiter hinunter.

Nach zehn Minuten hatten wir gut die Hälfte schon geschafft. Ich spürte deutlich, wie ich immer schwächer wurde. Vor lauter Anstrengung begann ich zu zittern. Schnell drückte ich mich an die Felswand, um nicht den Halt zu verlieren.

„Sophie! Ist alles in Ordnung?!", rief Jonas mir zu.

Zitternd und außer Atem antwortete ich. „Ja …Ich brauche nur eine kurze Pause."

Auch Marik hielt inne und sah hoch. Plötzlich jedoch bekam ich Angst, dass meine Schmerzen zurückkommen und mich in die Tiefe stürzen würden. Ich atmete tief durch um mich zu beruhigen. Der Nebel wurde dichter und die Luft schwerer. Meine Finger waren kalt vom Wind und er zerrte an meinem Gewand, panisch drückte ich mich an die Felswand.

Mit schnellen Bewegungen kam Jonas neben mich geklettert. Vorsichtig ließ er mit einer Hand los und legte sie mir auf den Rücken. Ich entspannte mich etwas und brachte meine Atmung unter Kontrolle. Er betrachtete mich mit einem sorgenvollen Blick. Um ihm nicht in die Augen sehen zu müssen, blickte ich hinab in die Tiefen, was ein riesengroßer Fehler war!

Alles drehte sich und ich krallte meine Finger in den Fels. Nach kurzer Zeit, in der ich mich beruhigte, nickte ich und sagte: „Ich glaube, es geht wieder …“ Einmal noch atmete ich tief ein.

Dann nahm Jonas zögernd seinen Arm von meinem Rücken.

Langsam setzte ich einen Fuß nach unten und fand an einem kleinen Vorsprung Halt. Ich verlagerte mein Gewicht auf meine Füße, als ich plötzlich den Halt verlor. Ein stummer Schrei kam in mir auf und ich stürzte in die nebelige Tiefe. Jonas, der versuchte nach mir zu schnappen, griff ins Leere. „Sophie!!!“

Die Luft zog an mit vorbei, ich hatte aber das Gefühl als würde die Welt in Zeitlupe vorbeilaufen. Jonas und Marik waren längst im Nebel verschwunden. Nur der schreckerfüllte Schimmer in Jonas’ dunklen Augen ließ mich nicht los. Ich hatte nur Jonas vor mir, ich konnte nicht glauben, dass es das letzte Mal war, dass ich ihn sah.

Schon konnte ich den Boden erkennen, der mit rasender Geschwindigkeit näher kam. Ich schloss die Augen und wartete auf den Aufprall. Doch ich wartete vergeblich, zögernd öffnete ich die Augen und, und …

Gut einen Meter vor dem Boden blieb ich in der Luft hängen. Es war als würde mich ein magisches Netz auffangen, ich hatte jedoch keine Zeit um darüber nachzudenken. Denn in diesem Moment verlor ich das Bewusstsein.

Ich hörte eine Stimme, die mich nicht losließ, sie hielt mich in einem Traum gefangen. „Luna …!“ Die Stimme war in meinem Kopf, sie klang sanft, jedoch genau so bedrohlich. Irgendwoher kannte ich diese Stimme, das wusste ich, doch ich konnte sie nicht zuordnen. „Geh zum Schwarzen See und finde deine Bestimmung!"

Ruckartig schlug ich die Augen auf und sah direkt in Jonas' Gesicht, es schimmerten Tränen in seinen Augen. Sofort schlang er die Arme um mich und ich konnte spüren wie er zitterte. Marik kam heran und schlang ebenfalls die Arme um uns.

Langsam lösten sie sich wieder von mir. Marik beherrschte sich sofort wieder, anders aber Jonas, der mich noch einmal an sich drückte, bis er sagte: „Wir dachten, du wärst tot. Es gab keinerlei Überlebenschancen für dich."

„Er hat Recht, es ist unmöglich, dass du überlebt hast", sagte Marik.

Es war wirklich unglaublich, einen Sturz aus vierzig Metern Tiefe hatte noch keiner überstanden. „Ich weiß, es klingt ausgedacht, aber irgendetwas stoppte mich in der Luft und ließ mich zu Boden gleiten …", entgegnete ich.

Marik und Jonas sahen mich verwundert an.

„Ich bin gut einen Meter vor dem Boden in der Luft hängen geblieben. Jedoch bin ich kurz danach hinunter gesunken und ohnmächtig geworden."

„Sophie … Das ist selbst in unserer Welt nicht möglich. Das war nicht wirklich, du bist verwirrt …", sagte Jonas und griff nach meinen Händen.

Schnell zog ich sie weg und fauchte ihn an. „Jetzt lass mich doch mal ausreden!! Es ist wirklich passiert! Ich bin ohnmächtig geworden und habe von einer Stimme geträumt. Sie sagte, ich solle zum Schwarzen See gehen."

Marik horchte auf einmal auf und kam zu mir. „Der Schwarze See? Was hat diese Stimme noch gesagt?"

Überrascht von seinem plötzlichen Interesse versuchte ich mich zu erinnern. „Da war ein Name … und sie sagte, ich solle meiner Bestimmung folgen …" Nachdenklich rieb ich mir mit dem Handrücken über die Stirn.

„Welcher Name?!", fragte er scharf.

„Ich weiß nicht …“, erwiderte ich schulterzuckend.
„Es war Luna, habe ich Recht?“
„Ja, glaub schon. Aber woher weißt du das?“
Jetzt kniete er sich neben mich und sah mir tief in die Augen. Seine eisblauen Augen hielten meinen Blick fest und in diesem Moment wusste ich, dass ich ihn kannte.

14

„Ich kenne dich!", flüsterte ich, bevor ich es zurückhalten konnte.

Hörbar scharf zog er die Luft ein. „Ja. Ich stehe doch vor dir", erwiderte er tonlos.

„Sophie, das kann doch nicht sein", meldete sich Jonas, der uns die ganze Zeit nur verwirrt angesehen hatte. „Du bist ihm noch nie begegnet."

„Er hat Recht. Und außerdem, wir müssen weiter", Marik stand auf und sah sich um.

Ich nickte, obwohl ich mir sicher war, ich hatte ein Bild von ihm im Kopf. Er als kleiner Junge, mit seinen diamantblauen Augen.

Nachdem ich aufgestanden war merkte ich, dass der Nebel immer dichter wurde und auf uns zu walzte.

Das Sonnenlicht wurde immer schwächer und es wurde wärmer.

„Und wohin gehen wir jetzt?", fragte Jonas.

Ich zuckte mit den Schultern. „Ich würde sagen zum Schwarzen See."

Jonas sah für einen Moment so aus als wollte er etwas erwidern, doch dann nickte er und ging voran.

Wir gingen direkt in den Nebel hinein. Langsam tasteten wir uns vorwärts, die Sicht wurde immer schlechter, sodass wir blind durch die Dunkelheit stolperten.

Jonas, der vor mir ging, war nur als dunkle Silhouette zu erkennen. Ich setzte meine Füße Schritt für Schritt voreinander, bis ich auf einmal über einen Stein stürzte. Ich flog nach vorne und riss Jonas mit zu Boden. Gemeinsam lagen wir auf dem Boden und lachten in die Finsternis hinein.

Man hörte wie Marik stöhnte und mit leisen Schritten auf uns zukam. Unvermittelt begann etwas im Dunklen aufzuleuchten, zuerst nur schwach, dann heller. Sobald meine Augen sich an das Licht gewöhnt hatten, erkannte ich, dass Marik eine Art Lichtkugel in der Hand hielt. Ich blinzelte und sah erneut hin. Die Kugel war kaum größer als meine Faust, strahlte jedoch so hell wie eine Laterne.

Schnell stand ich auf und klopfte mir die Erde von der Kleidung. Marik wartete geduldig.

„Was ist das?", fragte ich und ging auf ihn zu.

„Ein Wertlicht", antwortete er und streckte mir die Lichtkugel entgegen.

Neugierig betrachtete ich die gleißende Kugel, sie berührte Marik nicht, sie schwebte zwei Zentimeter über seiner Hand.

Vorsichtig griff ich danach, doch ich fasste einfach durch sie hindurch. Es kribbelte leicht als meine Finger durch das Licht hindurchglitten. Ich war wie hypnotisiert. Es war faszinierend und physikalisch unmöglich.

„Wie ist das möglich?", fragte ich, ohne den Blick von dem Wertlicht zu nehmen.

„Es ist Magie", antwortete Marik unbeeindruckt.

„Wir müssen weiter", sagte Jonas, der ebenfalls aufgestanden war. „Hättest du das nicht früher machen können?", sagte er, wobei er unglaublich vorwurfsvoll klang.

„Du doch auch", Marik zog seine Hand weg und ging weiter. Ich lief ihm nach, da ich noch mehr über Magie erfahren wollte.

Jonas stapfte mürrisch hinter uns her.

„Wie machst du das?"

„Es ist schwierig … Wir … ähm … Lass es dir von Jonas erklären, der weiß es", erwiderte Marik.

Ich blieb stehen und wartete auf Jonas. Als er mich eingeholt hatte ging er einfach an mir vorbei. Verwirrt ging ich ihm nach und fragte: „Wie funktioniert das?“, und deutete auf Marik.

„Warum fragst du das nicht den supertollen Marik?“

Ich konnte es nicht fassen. Jonas schmollte … Aber warum?

„Ach, komm schon …“, sagte ich. „Ich kenne ihn doch gar nicht.“

„Und mich etwa kennst du? Außerdem, hast du nicht gesagt du kennst ihn?“, er sah mich immer noch nicht an.

Da schoss es mir! Und ich wusste, ich hatte Recht. „Bist du eifersüchtig?“, fragte ich und sah ihn gespannt an.

Ungläubig blickte er mich an, und doch konnte ich erkennen, dass er rot wurde. „Was willst du wissen?“

Ich war überrascht über den Themenwechsel, doch ich gab mich damit zufrieden, da ich mein Ziel erreicht hatte. „Wie funktioniert es?“

Jonas erklärte mir alles, was ich wissen wollte. Es waren die Fantasien und der Glaube der Menschen an die magische Märchenwelt. Durch diese Vorstellungskraft schenkten sie jedem Königreich eine besondere Fähigkeit, die sie an ihre Kinder weitergaben. Doch Tricks wie kleine Wertlichter brachte jeder zusammen.

Gerade als ich Jonas fragen wollte, ob er auch eine dieser Fähigkeiten besaß, hinderte uns Marik am Weitergehen. Er hielt eine Hand vor mich und leuchtete mit der anderen, die das Wertlicht hielt, nach vorne.

„Was ist …“, wollte ich fragen, wurde aber von Marik unterbrochen. „Mund halten!“

Leise lauschten wir in den Nebel hinein. Jonas legte seine Hand auf den Griff seines Schwertes und ich zog Pfeil und Bogen.

Kein Geräusch war zu hören, ich hielt den Atem an und wagte es nicht zu blinzeln. Als ich plötzlich einen heißen Lufthauch in meinem Nacken spürte. Ich schnellte herum, bereit mit dem Bogen zu schießen, doch hinter mir war nichts außer Nebel, nein, es war Rauch.

„A … Aber da war doch etwas“, stotterte ich.

Auch Jonas drehte sich langsam herum. Wie eine Walze kam der Nebel auf uns zugerollt, grau und schwer.

Eine dunkle Gestalt sprang aus der Nebelwolke und verschwand mit einem roten Lichtblitz wieder. Ich schreckte zurück und flüsterte. „Das habt ihr gesehen, oder? Was ist das?"

„Rauchkatzen …", erwiderte Jonas leise.

Rauch?!

Die dunkle Wolke hüllte uns ein, ich drückte mich mit dem Rücken an Jonas und Marik. Jeder hatte seine Waffe einsatzbereit. Obwohl ich bezweifelte, dass man *Rauch*katzen einfach umbringen konnte.

Im Inneren der Rauchmauer leuchtete Licht auf, zuerst nur schwach, dann immer heller.

„Runter!!!", schrie Jonas und warf sich über mich.

Dann ging alles schnell, ich schloss die Augen vor dem Licht und in diesem Moment gab es einen ohrenbetäubenden Knall. Jonas begrub mich unter seinem Körper und Marik lag ebenfalls auf dem Boden. Sobald alles um uns verstummt war, blickte ich mich um, uns umschloss eine Kuppel aus Luft. Jonas richtete sich auf, reichte mir seine Hand und zog mich hoch. Die Kuppel löste sich auf. Die Luft flimmerte und es war unerträglich heiß.

Ich wusste nicht, was mich mehr verstören sollte, entweder dass wir von einer Lufthülle gerettet wurden oder dass wir von Rauchkatzen angegriffen wurden. Ach ja, die Rauchkatzen … Ich schoss herum und feuerte einen Pfeil in die Schwaden.

„Verschieß nicht deine Pfeile. Du kann sie so nicht treffen", Jonas und ich wichen immer weiter zurück. Marik hatte sich aufgerichtet und sein Schwert gezogen.

Aus dem Rauch heraus bildeten sich zuerst nur unerkennbare Gestalten, die sich langsam, aber trotzdem zu kleinen Katzen formten. Sie sahen uns mit bedrohlich roten Augen an und kamen fauchend näher.

Ich hatte Angst. Angst davor, nicht gegen die Katzen anzukommen. Angst um das Reich und doch war ich überzeugt, dass wir sie in die Flucht schlagen. Das einzige Problem aber war, dass ich keine Ahnung hatte wie.

Als plötzlich wie aus dem Nichts jemand vor uns sprang. Die Person zog eine zweiteilige Axt und setzte sie in Brand. Sofort stürzten sich die Katzen auf ihn, doch die Axt in Flammen machte sie verletzlich.

Jonas und Marik sahen sich an, dann stürzten sie gleichzeitig dem Fremden zu Hilfe. Um ihm zu helfen oder weil sie sich nutzlos fühlten. Ich jedenfalls tat nichts, ich stand hinter ihnen und konnte nur hoffen.

Auch die letzten Rauchkatzen verschwanden wieder im Nebel. Der Rauch zog sich zurück und hinterließ die Dunkelheit.

Marik ließ augenblicklich ein Wertlicht aufleuchten und erhellte die Schlucht.

Der Fremde stand immer noch mit dem Rücken zu uns und sah den Rauchkatzen nach.

„Wer bist du?", fragte ich und machte einen Schritt auf ihn zu.

Auch Marik und Jonas sahen ihn fragend an, da sie ebenfalls keine Ahnung hatten, wer unser Retter war.

Langsam drehte er sich zu uns um. *Er* hatte braune Haare, deren aufgestellte Spitzen leicht rot schimmerten. Jonas war etwas größer als er, aber er war genauso durchtrainiert und kräftig.

„Eure Majestät Prinzessin Luna, ich bin Kronprinz Kaito von Vultan. Aber bitte, nennt mich Kai", er verbeugte sich.

„Ähm … ich bin nicht Luna und …", verwirrt wollte ich etwas erwidern, doch ich wurde von Jonas unterbrochen.

Dieser grinste breit und ging auf Kai zu. „Kai, alter Kumpel!"

Auch Marik umarmte ihn freundschaftlich.

Noch verwirrter stand ich abseits und wusste nicht, wie ich reagieren sollte. *Majestät?? Luna??* Ich war sicher, dass er mich mit jemandem verwechselte. Aber mit einer Majestät?

Ich seufzte und bewegte mich, um zu ihnen zu gehen. „Ihr kennt euch?", sagte ich mit einem zaghaften Lächeln.

Alle drei nickten. „Unsere Mütter waren gute Freunde", sagte Kai.

„Was machst du hier? Hast du nicht ein Königreich zu regieren?", fragte Jonas an Kaito gerichtet.

„Dasselbe könnte ich dich auch fragen“, Kai lachte und kratzte sich am Hinterkopf. „Das Regieren übernimmt derzeit mein Berater.“

„Bist du nicht zu jung, um König zu sein?“, mit einer hochgezogenen Augenbraue sah ich ihn an.

Wieder musste er lachen und antwortete mit einer Gegenfrage: „Bist du nicht zu jung, um das Magische Reich zu entdecken?“ *Touchè.*

Irgendwie war ich Kai gegenüber misstrauisch, aber er war mir auch auf Anhieb sympathisch.

Jonas lachte und sagte: „Dein Berater? Warum sitzt du nicht auf deinem Thron oder erfüllst endlich den Wunsch deines Vaters?“

„Du meinst Ball um Ball geben und mir eine Frau suchen? Weil es wichtiger ist, unsere Welt zu retten. Ich glaube, es hat hier noch niemand wirklich verstanden wie ernst die Lage ist.“

Verständnislos sah Jonas Kaito an, der sofort zu einer Erklärung ansetzte. „Unser Reich wird untergehen. Die Dunkelheit wird sich nicht an die Grenzen der Königreiche halten. Wir sind alle mit drinnen. Luna muss uns retten.“

Marik nickte, wechselte aber das Thema. „Lasst uns das später besprechen. Wir müssen hier weg, bevor die Rauchkatzen wieder kommen und außerdem warten die Wölfe.“

Marik ging voraus und wir folgten ihm.

Nach einer halben Ewigkeit kamen wir am anderen Ende der Schlucht an. Wir standen in einer Sackgasse, vor uns ragte die Felswand in die Höhe.

„Nur so zur Information, ich klettere nicht mehr“, sagte ich und verschränkte die Hände vor der Brust.

„Und wie kommen wir sonst da hoch?“, Kai sah mich an und dann die Wand hoch.

Marik, der den Felsen nach Griffen abtastete, sah zu Jonas. Der nickte, und trat ein paar Schritte zurück. Irgendwie fühlte ich mich in dem Moment ausgeschlossen. Die Jungs kannten sich alle, sie konnten sich vertrauen und wussten vermutlich alles übereinander. *Naja, bis auf Jonas und Marik, die können sich ja nicht so gut leiden.*

Während ich eigentlich nur Jonas kannte, und nicht mal ihn richtig. Es entmutigte mich etwas, da ich niemandem wirklich vertrauen konnte. Denn tief in mir drinnen wusste ich, dass ich auf mich alleine gestellt war.

Kai kannte ich erst ein paar Minuten, von ihm konnte ich noch nicht viel sagen, aber von Marik. Es war eigentlich immer freundlich zu *mir*, seine kühle Art war manchmal abweisend, aber nicht verletzend. Bei ihm war ich mir sicher ihn zu kennen. Seine Augen waren mir vertraut.

Jonas setzte die Finger an die Lippen und stieß einen lauten Pfiff aus. Er hallte zwischen den Felsen wider und schallte über unsere Köpfen aus der Schlucht.

Die drei blickten nach oben, als würden sie auf etwas warten. Gespannt sah auch ich zum Himmel, den man nur schwer zwischen den dichten Wolken ausmachen konnte. In der Ferne aber waren leise Geräusche zu hören. Es hörte sich an als würden Flügel die Luft zerschneiden. Die Geräusche erreichten uns und mit ihnen stürzten drei riesige Greife in die Schlucht. Sie hatten braune Schwingen, deren Spannweite gut vier Meter breit war. Die Federn in ihren Flügeln waren länger als mein Unterarm. Jonas schritt auf den größten der drei zu. Dieser beugte den Kopf herunter und Jonas strich ihm durch die Federn, dabei flüsterte er. „Arrow …“ Dann legte er seine Stirn an die des Vogels.

Staunend trat auch ich näher zu *Arrow*. Zögernd streckte ich die Hand nach ihm aus, aber der Greif schreckte zurück. Langsam zog ich meine Hand wieder zurück, doch Jonas stoppte sie, griff nach ihr und führte sie. Behutsam legte er sie auf der Stirn von Arrow ab. Seine Federn waren noch weicher als sie aussahen. Ich strahlte und lächelte Jonas an, dessen Hand immer noch auf meiner lag. Mir wurde warm und mein Versuch nicht rot zu werden klappte nicht.

Dann aber meldete sich Marik und zerstörte den Moment. „Wenn ihr zwei Turteltäubchen dann fertig seid, könnten wir dann weiter.“

Jonas nickte. „Kai, du fliegst auf Wing.“ Er deutete auf den Greif rechts von Arrow. „Und Marik, mal sehen wie du mit Spearhead zurechtkommst. Sophie“, er sah mich an, „du fliegst mit mir.“

Fliegen?!! Ich kam ja nicht mal mit einer Achterbahn in meiner Welt klar, wie sollte das hier beim Fliegen gehen? Nur zu gut konnte ich mich an den Klassenausflug erinnern, an dem wir in einem Funpark waren. Stella, meine beste Freundin, hatte mich überredet in der Achterbahn mit ihr zu fahren.

Doch sobald ich auch nur im Wagen saß, bekam ich schon Albträume. Ich hatte mich panisch am Sitz festgekrallt und angefangen zu schreien.

Vorsichtig stieg ich auf, ich schlang gerade noch rechtzeitig die Arme um Jonas, als sich Arrow auch schon in die Lüfte schwang. Ich schloss die Augen und spürte wie die kühle Luft an mir vorbei glitt. Arrow ging bald vom steilen Bergaufflug in eine waagrechte Lage über und glitt sanft dahin. Wir waren wohl schon aus der Schlucht heraus, weshalb ich mich traute die Augen zu öffnen.

Sie lag trostlos hinter uns. Erst von oben konnte man wirklich erkennen, welche Auswirkungen der Krieg hinter sich her zog und die Narben, die er in der Landschaft hinterließ. Ich betrachtete das düstere Schlachtfeld, als Jonas über seine Schulter blickte und meinen verzagten Gesichtsausdruck musterte. Er klopfte Arrow leicht an die Seite, der sogleich sein Gewicht verlagerte und aufstieg. Wir durchbrachen die Wolkendecke.

Dort schien die Welt so viel schöner, die Wolken leuchteten in hellem Gelb und Orange. Die Luft war kühl und ich hatte das Gefühl die Wolken zu schmecken. Auch Kai und Marik flogen über der Wolkendecke und betrachteten das Farbenschauspiel. Schnell schlossen sie zu uns auf und flogen etwas unterhalb, aber neben uns.

Ich schmiegte meine Wange an Jonas' Schulter und spürte wie sich seine Muskeln entspannten. Ich genoss seine Nähe und fühlte mich zum ersten Mal wieder sicher und geborgen.

15

Ich spürte den Wind in meinen Haaren wehen und die kühle Luft an mir vorbeiziehen. Die Augen geschlossen lauschte ich dem Rauschen der Flügel im Wind und spürte wie ich langsam in den Schlaf driftete.

Sie läuft durch einen Wald. Es ist dunkel, die Schatten wirken gefährlich und sie weiß, dass Gefahren in ihnen lauern. Tief in ihrem Inneren aber hört sie eine Stimme, eine Stimme, die ihr sagt, dass sie die Dunkelheit nur erhellen brauchte um die Schatten zu besiegen.

Sie hat Zweifel und doch versucht sie ihr zu glauben. Sie sammelt all das Licht ihn ihr zusammen, lässt es durch ihren Körper gleiten, bis sie das Licht nicht mehr halten kann. Mit einem Mal bricht es aus ihr heraus und erleuchtet den ganzen Wald.

Als ich aufwachte war es dunkel. Die Nacht war angebrochen und die Sterne glänzten am Himmel. Während ich sie ansah glaubte ich noch, das Licht aus meinem Traum in mir zu spüren. Kurz genoss ich es, doch dann sah ich wie ein Stern vor meinen Augen aufhörte zu leuchten.

Sofort durchdrang mich ein Pfeil aus Schmerzen. Ich krümmte mich und stöhnte.

Jonas bemerkte, dass meine Schmerzen wiederkamen. Er fluchte und gab Arrow ein Zeichen langsamer zu fliegen. Schnell drehte er sich zu mir und nahm mich in den Arm. Marik und Kai flogen zu uns und sahen mich fragend an.

Ich hörte die Stimme aus meinem Traum. „Luna, leuchte und strahle. Und wenn du das nicht kannst, dann blende sie." Es war die Stimme aus meinem Traum, aber genauso die Stimme aus der Schlucht, die Stimme, die von einem sanften Wiegenlied begleitet wurde. Der Schmerz wurde immer schlimmer und schon bald hatte ich das Bewusstsein verloren. Ich sackte in Jonas' Armen zusammen.

Ich war nur wenige Sekunden ohnmächtig, doch in dieser Zeit war Arrow bereits gelandet und Jonas hatte mich vorsichtig auf den Boden gelegt.

In dem Moment, als ich die Augen aufschlug, landeten Marik und Kai neben Arrow.

Marik entglitten für einen kurzen Moment seine Gesichtszüge und seine Augen zeugten von Sorge. In Sekunden aber hatte er sich wieder gefangen und baute seine Mauern fester und undurchdringlicher auf als zuvor.

Kai schien vollkommen überrumpelt. Er wurde noch bleicher als Marik und stürzte zu mir. Wortlos blickte er mich an, bis er die Frage nicht mehr zurückhalten konnte. „Eure Hoheit … Luna, was ist geschehen?"

„Ich heiße Sophie …", keuchte ich. „Und ich bin keine Hoheit."

Ein Zittern überkam mich und schüttelte mich durch. Jonas kniete sich zu mir, rieb meine Arme und versuchte mich zu wärmen. „Kai, könntest du …"

Nickend hockte er sich hin und entzündete allein durch ein einziges Schnippen ein Feuer. Es erhellte die Dunkelheit und leuchtete uns.

Mir ging es wieder besser, sodass ich mich aufsetzen konnte. Meine Gedanken wurden wieder klarer und meine Augen hörten auf zu brennen. An Jonas gelehnt versuchte ich mich zu entspannen.

Marik, der zuerst schockiert etwas abseits gestanden hatte, trat ernst zu uns ans Feuer. Er murmelte irgendetwas, räusperte sich und wiederholte es lauter. „Es wird schlimmer."

Verständnislos sahen wir ihn an. Mir ging es doch wieder gut und diesmal war es schneller vorbei als sonst.

Er senkte kurz seinen Kopf, um mit kaltem Blick zu sagen: „Ihre Augen …", und dann an mich gewandt: „Deine Augen, sie werden weiß!"

Jonas riss mich herum und erschrak als er mich ansah.

Ich schüttelte den Kopf und erwiderte: „Das kann doch nicht sein!" Mein Blick glitt zu Jonas, dann zu Kai, der mich anstarrte, und als letztes zu Marik.

Er zog sein Schwert. Mit einem schneidenden Geräusch schwang er es herum und ging auf mich zu. Nur mit Überwindung schaffte ich es, nicht vor ihm zurückzuweichen. Als er bei mir ankam rammte er sein Schwert vor mir in den Boden und sagte: „Sieh es dir selbst an."

Es dauerte, bis ich begriff, dass ich mich in dem Schwert spiegeln sollte.

Am Griff zog ich es heraus und sah in mein Spiegelbild auf der eisblauen Klinge. Ich erstarrte, in meinen Augen waren wirklich weiße Flecken zu sehen. Es sah aus wie Wolken, die sich vor den Sternenhimmel in meinen Augen schoben. Das Schwert glitt mir aus den Händen und fiel scheppernd zu Boden.

Ich stolperte ein paar Schritte zurück, bis mich Jonas vorsichtig von hinten umfasste und festhielt. Einige Sekunden brauchte ich um mich zu fangen, Wut stieg in mir auf. Dann richtete ich mich auf und ging auf Marik zu. Sein Schwert hob ich hoch und hielt es ihm mit der Klinge entgegen. Verwirrt hielt er die Hände hoch und trat einen Schritt zurück. „Sophie, was machst du?", er versuchte ein Lächeln, das ihm aber nicht gelang.

„Legt das Schwert weg, Eure Hoheit", versuchte Kai mich zu beschwichtigen.

„Ich bin keine Hoheit!", fauchte ich, ohne mich umzudrehen. Ich fixierte Marik mit meinen Blicken. „Sag schon! Du weißt doch vielmehr als du sagst. Dauernd rutscht dir etwas heraus! Lass die Spielchen sein …“ Marik setzte an um etwas zu sagen, doch ich unterbrach ihn, indem ich knurrte: „Bevor du etwas sagst, lass dir durch den Kopf gehen, ob es ja richtig ist! Versuch nicht einmal mich anzulügen!!“

Langsam ließ er die Hände sinken und für einen kurzen Moment gab er sich geschlagen. Dann aber sagte er leise: „Du bist gut, Sophie. Du hast eins und eins zusammengezählt. Aber das Wichtigste hast du übersehen.“

Es war ein Fehler, das Schwert auch nur für einen Wimpernschlag zu senken. Denn dieser Moment reichte aus, Marik schlug es mir aus der Hand, drehte sich um mich herum und schlang beide Arme um mich, sodass ich mich nicht mehr wehren konnte.

Jonas wollte schon einschreiten, doch er wurde von Kai zurückgehalten. Dieser sagte etwas zu ihm, was ich nicht verstand, doch Jonas sank zurück auf seinen Platz und schaute ins Feuer.

Ich strampelte mit meinen Füßen und versuchte mich von Marik loszumachen, er hielt mich mit einem eisernen Griff fest. „Lass mich los!“, knurrte ich.

„Wenn du die Wahrheit wissen willst, musst du mir vertrauen“, Marik flüsterte diese Worte mit Bedacht in meine Ohren. Eigentlich ließen sie mich kalt, doch das, was er dann anhängte, ließ mich erstarren, „Schwesterherz.“

Dann ließ er mich los und ich hatte Mühe auf den Beinen zu bleiben. Zitternd, aber wortlos ging ich zu Jonas und sank neben ihm in die Knie. Mit diesem Wort hatte Marik alle Gedanken aus meinem Kopf verbannt. Es war als wäre mein Kopf leer, ich konnte einfach keinen klaren Gedanken fassen.

Auch Marik hatte sich wieder ans Feuer gesetzt. Er saß mir gegenüber und sah irgendwie erleichtert aus. So als hätte dieses eine Wort wie eine Last auf ihm gelegen, die nun verschwunden war. Trotzdem blickte er ernst ins Feuer.

Später, als wir uns hinlegten um zu schlafen, konnte ich endlich wieder normal denken. Jonas, der mit dem Rücken zu mir lag, schlief bereits, denn ich hörte seine gleichmäßigen Atemzüge.

Ich setzte mich auf und rückte wieder ans Feuer, das nur mehr aus kleinen Flammen bestand, und schlang die Arme um meine Beine.

Schnell blickte ich zu Kai und Marik, auch sie schliefen und Kai schnarchte leise. Dann blickte ich zu Jonas, unwillkürlich musste ich lächeln. Sein Gesicht war so wunderschön und wirkte im roten Feuerschein so friedlich. Ich ertappte mich selbst dabei, wie ich an seinen Lippen hängen blieb. In mich hinein grinsend drehte ich mich wieder um.

Sogleich fiel mir ein, was Marik zu mir gesagt hatte. *Wenn du die Wahrheit wissen willst, musst du mir vertrauen, Schwesterherz.*

Schwesterherz … Schwesterherz … egal wie oft ich mir dieses Wort durch den Kopf gehen ließ, es passte einfach nicht.

Ich war nicht seine Schwester, ich konnte es nicht sein. Meine Mutter, oder eben nicht meine Mutter … *Nein. Sie war meine Mutter. Oder?* Ich war verwirrt. Aber wenn er wirklich mein Bruder war, was hieß das für mich?

Ach! Es regte mich auf, dass ich ihm überhaupt glaubte! Marik sagte das doch nur um mich zu verwirren! Na, herzlichen Glückwunsch, das hatte er geschafft!

Doch egal wie sehr ich ihn dafür verfluchte, irgendetwas in mir sagte, dass es die Wahrheit war.

Verzweifelt sah ich in die Flammen, die immer kleiner wurden.

Ich musste an meine Eltern denken, an meine beste Freundin und an mein Zuhause. Plötzlich bekam ich fürchterliches Heimweh. Ich musste daran denken, welche Sorgen sich alle machen mussten. Ob sie sich trotz meines Verschwindens scheiden ließen und ob die Polizei vergeblich nach mir suchte.

Ich spürte wie heiße Tränen über meine Wangen liefen. Mit geschlossenen Augen genoss ich die Wärme des Feuers, als sich Arme um mich schlangen und mich festhielten. „Schh …“, Jonas' Stimme klang sanft. Er zog mich enger an sich und strich eine Träne von meiner Wange. Ich schmiegte mich an ihn und er tröstete mich, ohne auch nur ein einziges Wort zu verlieren. Wir saßen gefühlt Stunden so da, ich lag in seinen Armen und gemeinsam sahen wir den Flammen zu, wie sie sich langsam auflösten und nur die Glut zurückblieb.

Dann sagte Jonas: „Wie wär's, wenn wir eine kleine Runde drehen?"

Als ich nickte stand er auf, nahm meine Hand und zog mich hoch. Sobald ich auf den Beinen war, ließ er meine Hand wieder los, doch ich griff entschlossen wieder nach seiner und er drückte sie sanft.

Hand in Hand entfernten wir uns vom Lager.

Es war eine klare Nacht und die Sterne funkelten um die Wette. Ich fühlte mich wohl. Ich hatte keine Schmerzen und mit Jonas an meiner Seite fühlte ich mich sicher.

„Deine Fähigkeiten", fing ich an, „woher hast du sie?"

Jonas stieß ein leises Lachen aus, so als hätte er gewusst, dass ich das fragen würde. „Es kommt darauf an, in welchem Königreich man geboren wird. Kai kommt aus Vultan, dem Königreich der Flammen. Marik aus Eis. Und ich aus dem Königreich des Windes." Er bückte sich und pflückte eine wunderschöne Blume und reichte sie mir. Die Blütenblätter waren in zartem Rot und wurden nach außen hin immer dunkler. „Sie ist wunderschön!", sagte ich dankend, während er weitersprach. „Kleine Tricks, wie Wertlichter oder Blumen aufblühen zu lassen, kann jeder, egal aus welchem der Höfe er stammt."

Wir gingen weiter und lauschten den Geräuschen der Dunkelheit. Als Jonas das fragte, was schon die ganze Zeit zwischen uns in der Luft hing. „Was hat Marik zu dir gesagt? Nachdem er dich losgelassen hatte warst du wie erstarrt."

Ich war irgendwie erleichtert, dass er das fragte. Ich wusste, dass ich ihm alles anvertrauen konnte und so rückte ich damit heraus.

„Er sagte, wenn du die Wahrheit wissen willst, musst du mir vertrauen", für das letzte Wort musste ich tief Luft holen, bevor ich es aussprach, „Schwesterherz."

Ich erwartete, dass Jonas irgendeine überraschte Reaktion zeigen würde. Dass ihm zum Beispiel der Mund offenblieb oder ihm die Kinnlade herunterklappte. Aber nichts dergleichen passierte. Er nickte nur und blieb stumm, so als müsste er sich das Ganze noch einmal durch den Kopf gehen lassen.

„Das kann doch nicht stimmen! Ich kann nicht Mariks Schwester sein, er hat doch nur eine.“ Ich sah Jonas erwartungsvoll an und wartete darauf, dass er meine Worte bestätigte. Doch genau das tat er nicht.

„Ja, er hat nur eine Schwester, eine, die verschwunden ist. Es wäre möglich …“

„Nein!“, unterbrach ich ihn. „Ich bin nicht seine Schwester. Wie erklärst du dir dann meine Eltern und außerdem müsste ich dann nicht auch Eis-Fähigkeiten besitzen?“

„Du verstehst nicht“, Jonas blieb stehen und sah mich an. „In der Magischen Welt glaubt man an eine Prophezeiung. Die Prophezeiung des Lichtkönigreichs.“ Wir setzten uns wieder in Bewegung und ich bat Jonas mir von der Prophezeiung zu erzählen. „Seit Jahrhunderten gab es keine weiblichen Thronfolger in den Königreichen. In allen drei Höfen wurden nur Jungen zur Welt gebracht. Es passierte alles genau so wie es uns prophezeit wurde, man sagte uns, dass es eine Strafe sei. Eine Strafe dafür, dass wir unser Leben und das Licht nicht genug wertgeschätzt hätten.

Und so kam es dazu, dass die Sterne anfingen zu erlöschen und unsere Nächte immer dunkler wurden. Vielleicht ist es dir noch nicht aufgefallen, aber selbst unser Mond wurde immer dunkler, bis er schließlich ganz erlosch.

Laut der Prophezeiung würde eines Tages wieder ein Mädchen in einem der Königreiche zur Welt kommen. Dieses Mädchen war dazu bestimmt, das Magische Reich zu retten, indem es uns das Licht in die Nacht zurückholt.

Doch über die Jahre wurde die Hoffnung auf eine Prinzessin immer kleiner und die meisten Menschen vergaßen die Prophezeiung. Bis Luna geboren wurde, die Schwester von Marik und seinen Brüdern. Im Eis-Königreich war die Aufregung groß und das ganze Reich feierte mit. Selbst die anderen Könige kamen, um sie zu beglückwünschen. Die Eltern von Luna waren überglücklich. Sie liebten ihre Tochter vom ersten Moment an und das nicht nur, weil sie dazu bestimmt war das Reich zu retten.

Doch nur einige Tage nach der Geburt wurde das Mädchen entführt. Das ganze Reich suchte nach ihr, doch sie blieb verschwunden." Jonas blieb stehen und sah mich durch die Dunkelheit an, als ich ihn unterbrach.

„Wie lange ist es her, dass Luna verschwunden ist?"

„In einundzwanzig Tagen sind es fünfzehn Jahre."

Ich erstarrte, ich wusste es nicht genau, da ich in dieser Welt die Zeit aus den Augen verloren hatte, aber ich war mir sicher, dass in ungefähr dieser Zeit mein Geburtstag war.

Jonas ging weiter und setzte seine Geschichte fort. „Wegen ihres Verschwindens wurden die anderen Königreiche beschuldigt, dass sie Luna entführt hätten, weil sie eifersüchtig waren, dass die Retterin im Eis-Königreich geboren wurde.

Jahrelang wurde Krieg geführt, ohne ein Ergebnis. Nach dem langen Krieg wurde ein Bündnis zwischen allen Königreichen geschlossen, sie schworen Luna zu schützen und als ihre Königin anzusehen, wenn sie jemals wiederauftauchen würde. Der König vom Eis-Reich schickte Soldaten in deine Welt, um auch in ihr zu suchen, doch sie blieb spurlos verschwunden. Und die Prophezeiung wurde unter den Bürgern wieder vergessen. Nur die Eltern von Luna trauern heute noch."

„Ich kann nicht Mariks Schwester sein. Ich komme nicht aus der Magischen Welt." Ich war jetzt noch verwirrter als vorher. Wenn es nach der Prophezeiung ging, müsste ich mich Hoheit nennen, aber meine Eltern sind wirklich meine Eltern. Es war verlockend sich der Vorstellung hinzugeben, eine verschollene Prinzessin zu sein und dafür bestimmt zu sein, die Heldin für das ganze Reich darzustellen. Aber es konnte einfach nicht sein, egal wie ich es auch sah, es war unmöglich.

„Es ist nicht unwahrscheinlich", sagte Jonas, während wir uns langsam einen Weg durch die Dunkelheit bahnten. „Aber lass uns ein andermal darüber nachdenken."

Er griff nach meiner Hand und zog mich weiter.

Es dauerte nicht lange und wir hatten eine kleine Lichtung erreicht. Die Sterne funkelten und man konnte Teile der Milchstraße sehen. Ohne auch nur darüber nachzudenken wie

Jonas reagieren würde, zog ich ihn näher zu mir und schmiegte mich an ihn. Kurz zögerte er, aber dann legte er beide Arme um mich und drückte mich noch enger an sich. Ich legte den Kopf in den Nacken und sah in den atemberaubenden Himmel. Diesmal spürte ich keinen Schmerz, im Gegenteil, ich fühlte mich wohl. Wie damals, als ich unter dem freien Himmel geschlafen habe, hatte ich das Gefühl, plötzlich mehr zu hören und vor allem mehr zu sehen.

Jonas merkte, dass ich mich entspannte und auch er genoss den Moment. Ein Lächeln machte sich auf meinem Gesicht breit, ich war einfach glücklich, und ich spürte wie sich jeder seiner Muskeln anspannte. Ich schob mich ein Stück von Jonas weg und zog die Blüte, die ich vorhin in meine Haare gesteckt hatte, hervor und betrachtete sie. Die roten Blütenblätter hatten sich zu einer Knospe zusammengezogen.

„Kannst du sie aufblühen lassen?“, fragte ich Jonas und hielt sie ihm hin.

Verdutzt griff er danach. Durch Jonas' Augen jagte ein Funkeln, es erlosch wieder als die Blume begann ihre Blätter wieder auszubreiten. Wie gebannt sah ich zu, bis die Blüte vollständig aufgeblüht war, dann reichte er sie mir.

Ich schob mich wieder unter seinen Arm und gemeinsam sahen wir in den Himmel. Die Blume drehte ich am Stängel zwischen meinen Fingern. Als ich auf sie hinunter sah, leuchtete sie kurz auf. Zuerst dachte ich, ich hätte mir das nur eingebildet, doch nachdem ich den Stängel wieder drehte passierte es erneut.

Ich lachte auf, unglaublich!

Jonas löste sich von mir und sah mich verwundert an. Ich konnte es kaum fassen. Langsam hob ich die Blume und drehte sie wieder zwischen meinen Fingern. Wieder zog sich ein Leuchten von der Mitte der Blüte bis zu den Spitzen. Jetzt lachte auch Jonas. Zuerst sah er mich ungläubig an, doch dann wurde sein Blick ernst. Er trat einen Schritt zurück und verbeugte sich. „Eure Hoheit Luna.“ Er blickte wieder auf und grinste mich an. Ich schubste ihn zur Seite. Jonas ruderte mit den

Armen und fiel zu Boden. Noch im Fall packte er mein Handgelenk und riss mich mit sich zu Boden.

Ich stürzte auf ihn und landete auf seiner Brust. Lachend stützte ich mich auf. „Nenn mich noch einmal so und ich muss fester zustoßen."

„Aber es ist, laut der Prophezeiung, meine Pflicht, der Eis-Prinzessin die Ehre zu erweisen", lachend ließ Jonas den Kopf auf den Boden sinken.

Als ich ihn in die Seite kniff rollte er sich auf mich und begrub mich unter sich. Ich lachte bis mir die Luft ausging, auch Jonas rang nach Luft und stützte sich hoch.

Nachdem wir wieder einigermaßen richtig atmen konnten, sagte ich: „Ich kann nicht Mariks Schwester sein, dafür müsste ich die Blume ja zu Eis erstarren lassen können."

„Habe ich nicht gesagt, dass wir darüber ein andermal nachdenken?", flüsterte Jonas leise.

Er war mir in diesem Moment so nahe, dass ich seinen Atem auf meiner Haut spüren konnte. Sein Gesicht war nur einige Zentimeter von meinem entfernt. Sengende Hitze schoss durch meinen Körper, jede meiner Fasern spannte sich an.

Ein leichter Wind wehte ihm eine Haarsträhne in die Stirn und wie ferngesteuert hob ich meine Hand und strich sie Jonas sanft aus der Stirn. Beide hielten wir den Atem an und noch bevor ich meine Hand zurückziehen konnte senkten sich seine Lippen auf meine.

16

Zurück am Lagerplatz versuchten Jonas und ich noch etwas zu schlafen. Jonas schlief sofort ein, während ich an ihn geschmiegt in den Himmel sah.

Immer noch spürte ich Jonas' Lippen auf meinen. Es hatte sich so richtig angefühlt. Seine Lippen waren weich und sanft.

Ich war immer noch nicht müde, ich war eher aufgekratzt. Leise und vorsichtig, um niemanden zu wecken, stand ich auf und ging zu den Greifen. Arrow lag zusammengerollt auf der Wiese und zuckte leicht zusammen, als ich ihm durch die Federn strich.

Plötzlich wurde ich neugierig, was ich mit meiner neu entdeckten Fähigkeit anstellen konnte.

Ich konzentrierte mich und sammelte das Licht in mir. Ich stellte mir vor, einen Lichtstrahl in den Himmel zu schießen. Als ich die Energie zu meinen Fingern fließen ließ, kribbelte es leicht und das Licht kam in kleinen Funken zum Vorschein. Es sah erbärmlich aus. Enttäuscht über meinen missglückten Versuch setzte ich mich ins Gras.

Auf einmal hatte ich wieder diese Stimme im Kopf. „Spüre das Licht. Noch bist du schwach, aber bald wirst du stärker als jeder andere im Magischen Reich. Jetzt ist die Energie noch wie ein kleines Kind in dir, du musst lernen sie zu kontrollieren.“ Wie mit dem Wind wurde die Stimme davongetragen.

Ermutigt durch die Stimme sammelte ich wieder das Licht in mir. Bevor ich es frei ließ, strömte es durch meinen ganzen Körper. Die Dunkelheit wirkte mit einem Mal nicht mehr finster. Ich konnte alles bis ins feinste Detail erkennen und ich nahm viel mehr wahr als zuvor.

Dann berührten meine Hände den Boden und die Energie glitt wie eine Welle darüber. Eine Welle aus Licht breitete sich aus. Jetzt war ich überwältigt. Es war Wahnsinn, was ich so einfach mit der Energie anfangen konnte. Dass ich mit nur einem Gedanken Licht *zaubern* konnte, musste ich erst einmal realisieren. Arrow hatte die Druckwelle des Lichts gespürt und sah neugierig zu mir. Es war nur eine Idee, die ich eigentlich wieder verwerfen wollte, doch da war es schon passiert. Ich spürte das Pulsieren des Lichts, als es aus meinen Händen glitt. Ein Vogel aus Licht entstand vor meinen Augen. Zuerst war es nur ein Bild, doch dann begann er mit den Flügeln zu schlagen. Ohne auch nur ein Geräusch flog er um Arrow herum, der sich wie ein Kind im Kreis um sich selbst drehte, um den Vogel im Blick zu behalten. Ich lachte, als der Vogel sich wieder in Licht auflöste und Arrow traurig die Flügel sinken ließ.

Wieder dachte ich nur an etwas und es geschah. Federn aus silbernem Licht wehten wie im Wind um uns herum. Arrow schnappte danach, doch sobald er sie berührte verschwanden sie.

Ich überlegte, was ich noch machen konnte, als mir die Idee kam. Es war unwahrscheinlich, doch ich wollte es probieren.

In Gedanken sah ich meine Klaviernoten vor mir. Nacheinander wurden die Noten sichtbar, und wirklich, es waren leise Töne zu hören. Summend tanzte ich um den Greif herum. Er selbst führte einen eigenartigen Tanz auf, es war eine Mischung aus Hinternwackeln und Kopfwippen.

Langsam überkam mich die Müdigkeit und ich ließ die Melodie verklingen. Auch Arrow sank müde wieder auf seinen Schlafplatz zurück. Mit einem letzten Blick in den Himmel schmiegte ich mich an Arrow und schlief ein. Ich fiel in einen tiefen traumlosen Schlaf.

Am nächsten Morgen wurde ich wach, als ich die Jungs streiten hörte. Ich rieb mir übers Gesicht und kletterte unter Arrows Flügeln hervor. Aus der Entfernung konnte ich nicht hören, was sie sagten, aber es war eindeutig, dass Kai sich zwischen Jonas und Marik gestellt hatte um zu verhindern, dass sie aufeinander losgingen.

Als sie mich erblickten verstummten Jonas und Marik und sahen mich ernst an. Kai ließ die Hände sinken und wartete darauf, dass ich etwas sagte. Aber ich rollte nur genervt mit den Augen, denn ich wollte gar nicht wissen worüber sie stritten. Ich bemerkte Jonas' Blick, der auf mir ruhte, doch ich wandte mich schnell ab, um nicht rot zu werden. Meine Tasche lag noch neben der Feuerstelle und die Pfeile verstreut um den Köcher. Ich bückte mich, um sie einzusammeln. Meine Tasche schwang ich mir um die Schultern und den Bogen nahm ich in die Hand, dann wandte ich mich zu den Jungen um. „Also, seid ihr fertig?"

Marik schüttelte den Kopf. „Nein. Wir müssen noch auf die Wölfe warten. Sie müssten bald hier sein."

Ich nickte und sah zu den Greifen. „Aber wenn die Wölfe wieder mit uns reisen, können wir nicht fliegen."

„Werden wir auch nicht. Bis zum Schwarzen See ist es nicht mehr weit und die Greife müssen zurück nach Litrium", erwiderte Marik.

Dann wandte er sich ab und fragte Kai, ob er uns begleiten würde. Ich klinkte mich aus dem Gespräch aus und ging zu Jonas, der sich um die Greife kümmerte. Wing und Spearhead jagten sich verspielt über die Wiese, während Jonas Arrow streichelte. Ich näherte mich ihnen langsam, um sie nicht zu erschrecken. Arrow blickte auf und sprang auf mich zu. Ich lachte als er kurz vor mir stehen blieb und mich aber mit seinem Schnabel vorsichtig umstieß. Jonas lächelte und streckte mir die Hand hin. Ich ergriff sie und er zog mich hoch. Dann schaute er verwundert auf Arrow, der immer noch verspielt um mich hüpfte.

„Ich konnte nicht schlafen und habe dann mit ihm gespielt", erklärte ich auf Jonas' fragenden Blick hin.

„Ich werde sie vermissen", sagte ich und streichelte Arrow durch die Federn.

„Ich auch", er seufzte. „Aber wenn das alles vorbei ist, können wir wieder mit ihnen zurückfliegen."

In Gedanken nickte ich und drehte mich zu Kai und Marik herum. Kai hatte sich hingesetzt und schliff mit einem seltsamen Stein seine Axt. Marik sah angestrengt in den Wald.

Die Stimmung war seltsam, denn wir warteten jetzt schon einige Stunden und die Sonne am Himmel wurde immer heißer.

Jonas und Kai hatten sich am Boden ausgestreckt und Marik wurde immer unruhiger. Sein „Die Wölfe müssten bald hier sein" wurde immer unwahrscheinlicher.

Ich saß aufrecht im Gras und sah Jonas beim Schlafen zu. Ich lächelte, weil er so friedlich da lag und weil ich immer noch an unseren Kuss denken musste. Er hatte zwar noch keinen Versuch gestartet, es noch einmal zu machen, aber seine Blicke waren mehr als genug.

Marik musste gesehen haben, wie ich Jonas angesehen habe, als er sagte: „Und, eine schöne Nacht gehabt?"

Ich ignorierte die Ironie in seiner Stimme und erwiderte: „Jap. Wunderschön."

Dann hob ich meine Hände und wollte ihm zeigen, was ich gestern entdeckt hatte, doch der Hase, den ich erschaffen wollte, wurde nicht sichtbar.

Marik lachte. „Willst du mir zeigen, wie man am besten Fliegen verscheucht?"

„Nein, das!" Ich griff nach seinem Schwert, das mit der Klinge zu mir lag. Eine Wut kam in mir auf und sobald ich es berührte schoss ein Lichtstrahl durch das Eis und begann zu vibrieren. Marik erschrak und starrte auf sein Schwert, das langsam wieder aufhörte zu glühen.

„Wie?! Du müsstest doch Eis …", jetzt starrte er mich an.

„Ich kann nicht deine Schwester sein. Schon alleine deshalb nicht."

„Du verstehst nicht." Marik hatte sich wieder beruhigt und saß neben mir. „Erstens bist du Mutter wie aus dem Gesicht geschnitten und zweitens ist da noch die Prophezeiung."

„Also bin ich wirklich deine Schwester? Aber was sind dann meine Eltern?" Mir schwirrte es im Kopf und alles begann sich zu drehen.

„Das kann ich dir auch nicht sagen, aber irgendwie bist du in die Menschenwelt gelangt. Aber diese Fähigkeit ist einzigartig."

Dann schwiegen wir, so als würden wir beide Zeit brauchen um alle neuen Informationen aufzunehmen.

Gedanken daran, dass meine Eltern mich vielleicht mein Leben lang belogen haben. Ich hatte immer das Gefühl, nicht in ihre Welt zu passen. Ich hatte keine Freunde, es waren immer nur Mom und Dad, die mich gern hatten. Und jetzt zu erfahren, dass alles nicht wirklich war. Sie mussten doch wissen, dass ich nicht ihre Tochter war, aber es fühlte sich so echt an. Ihre Liebe …

Ich spürte wie meine Augen brannten, ich versuchte nicht einmal meine Tränen zurückzuhalten. Mein Kopf sank auf meine angezogenen Knie und ich begann zu schluchzen.

Zögernd legten sich Arme um mich. Marik zog mich an sich und hielt mich fest. Mit dem Kopf an seiner Brust ließ ich die Tränen laufen.

Nachdem ich mich wieder etwas beruhigt hatte flüsterte ich unter Tränen: „Die Großer-Bruder-Rolle hast du drauf."

Seine Brust vibrierte und ich wusste, dass er lachte.

Im Gegensatz zu gestern Nacht verspürte ich eine tiefe Zuneigung zu ihm. Er war der große Bruder, den ich mir immer gewünscht hatte.

„Meister!"

Marik und ich schnellten herum. Der Leitwolf von Mariks Rudel kam aus dem Wald gestürzt und sank vor uns zu Boden. Er war blutüberströmt und hatte tiefe Wunden am ganzen Körper.

„Nero, wer hat dir das angetan?“ Mariks Stimme war mit einem Mal heiser.

Doch Nero lag am Boden und reagierte nicht. Man könnte meinen, dass er tot war, das schwache Heben und Senken seines Brustkorbs war das einzige Lebenszeichen.

„Schnell!“ Marik kniete sich zu dem Wolf, sah aber mich an. „Hol etwas, mit dem wir ihn verbinden können.“

Ich rannte zu meiner Tasche und holte die Decke heraus, ohne zu zögern riss ich mehrere Steifen ab und brachte sie Marik.

Dieser begann sofort die schlimmsten Wunden des Wolfes zu verbinden.

Ich wusste nicht, was ich tun sollte, also kniete ich mich zu Nero und strich ihm über das Fell an der Stirn.

Kai und Jonas bekamen von dem Ganzen nichts mit, sie schliefen seelenruhig im Gras.

Meine Hand, die immer noch auf der Stirn des Wolfes lag, wurde sanft weggeschoben. Neros Pfote zitterte, es kostete ihn eine Menge Kraft sich zu bewegen.

Ich hatte erwartet, dass Marik ihn sofort mit Fragen überhäufen würde sobald Nero zu sich kam, aber das tat er nicht. Fast liebevoll strich er dem Wolf sanft über den improvisierten Verband.

So wie es aussah hatte ich *meinen Bruder* zu hundert Prozent falsch eingeschätzt. Ich musste ein Lächeln zurückhalten, ich hatte ihn zum ersten Mal als meinen Bruder bezeichnet.

„Sie kommt.“ Nero schnappte röchelnd nach Luft.

„Wer kommt?“ Mariks Blick huschte zum Wald.

Der Wolf versuchte sich aufzurichten, klappte aber zusammen. Das Gras unter ihm färbte sich rot und der improvisierte Verband triefte vor Blut. „Sie kommt dich holen, Luna … will dich aufhalten … nicht passieren … rette uns!“ Dann sank er zurück und blieb reglos liegen.

Marik wandte sich ab, vielleicht wollte er nicht, dass ich seine Tränen sah, aber vielleicht auch weil er diesen Anblick nicht ertragen konnte. Nero hatte aufgehört zu bluten und leider auch zu atmen.

Auch wenn ich mich dafür hasste, kullerten mir schon wieder die Tränen über die Wangen. Ich war einfach zu weich für diese Welt. Tief in mir drinnen wusste ich, dass es nicht nur die Trauer war, warum ich weinte, es war genauso die Angst, die mich wie eine eiserne Hand packte und nicht mehr los ließ. Nero und sein ganzes Rudel waren tot, und das meinetwegen.

Marik hatte Jonas und Kai aufgeweckt. Kai kniete gebückt über dem toten Wolf und untersuchte seine Wunden. „Es waren keine normalen Waffen, durch die er getötet wurde." Kai sah Marik an, als hoffe er auf eine Antwort, die alles erklären würde.

Die Jungs standen kurz vor dem Nervenzusammenbruch. Jonas war am schlimmsten, er fuhr sich wild durch die Haare und überlegte fieberhaft, was zu tun war. Marik war auch nicht viel besser. Er lief schnell im Kreis und schlug sich dabei gegen die Stirn. Am ruhigsten war immer noch Kai, er saß am Boden und schliff seine Axt, obwohl es wohl eher als Ablenkung diente, denn an dieser Axt gab es definitiv nichts mehr zu schleifen.

In dieser Situation fiel ihnen wortwörtlich die Decke auf den Kopf. Sie waren wie ausgewechselt.

Was auch irgendwie verständlich war, aber sie übertrieben es. Klar, es war verrückt. Es gab jemanden, der versuchte mich umzubringen, was wiederum nicht passieren durfte, weil ich das Reich retten musste.

Für mich war der Fakt, dass ich vielleicht sterben könnte, nur wie ein verschleierter Gedanke im Kopf. So als hätte ich es noch nicht realisiert.

Also ergriff ich das Kommando. Ich richtete mich auf und überlegte laut. „Also, da es hier niemand aussprechen will, muss ich das machen. Irgendjemand verfolgt uns und will mich umbringen. Wir dürfen …" Ich unterbrach mich selbst als ich merkte, dass mir niemand zuhörte. Wut flammte in mir auf. Ohne nachzudenken stampfte ich mit dem Fuß auf und schrie sie an. Augenblicklich schoss ein Energieblitz durch mich hindurch und eine Welle aus Licht schleuderte alle drei zu Boden.

Kai rollte sich gekonnt am Boden ab, während Marik und Jonas eine harte Landung einstecken mussten. Alle drei starrten mich an und Kai, der es ja noch nicht wusste, fielen fast die Augen aus dem Kopf.

„Habe ich jetzt die nötige Aufmerksamkeit?!“, fauchte ich sie an und, ohne auf ihre Antwort zu warten, begann ich ihnen meinen Schlachtplan zu erklären. „Also. Wir müssen so schnell wie möglich weiterziehen, bevor uns Neros Mörder einholen. Wenn sie mit seinem ganzen Rudel kein Problem hatten, werden sie mit uns leicht fertig werden. Wir dürfen nicht zulassen, dass sie auch nur einen von uns töten. Ohne euch drei kann ich es nie im Leben schaffen das Reich zu retten. Ich habe ja noch nicht mal eine Ahnung, wie ich das überhaupt schaffen soll. Also, reißt euch gefälligst zusammen und tut nicht so als hättet ihr noch nie etwas Schlimmes durchgestanden!“ Ich war von meiner Rede selbst überrascht. Meine Stimme zitterte kein bisschen und ich klang schon wie die Prinzessin, die ich eigentlich war. „Etwas in mir sagt mir, ich soll zum Schwarzen See. Was auch immer dort ist, wir müssen es finden, meine neuen Kräfte machen mich stärker, aber ich spüre wie uns die Zeit davonläuft. Ihr seid Prinzen und wenn die Prophezeiung stimmt, und ich Mariks Schwester bin, können wir nicht aufgeben, nur weil uns jemand versucht aufzuhalten!!“ Ich holte tief Luft und sah mir die Reaktionen der Jungen an.

Alle drei nickten und lösten sich aus ihrer Erstarrung. In nur wenigen Sekunden wurden sie wieder zu den Prinzen, die dazu bestimmt waren, die Magische Welt zu retten.

17

„Ihr habt einfach noch nicht genug gesucht!“, donnerte ich, während ich mit Kirren durch die Halle schritt. „Du bist einfach ein unfähiger General!“

„Sie verstehen nicht …“

„Ich verstehe nicht? Nein, ich glaube *Sie* verstehen nicht!“

Ich beschleunigte meine Schritte und beachtete den jungen General nicht mehr.

„Wir wissen, was ihr Ziel ist …“, er gab einfach nicht auf.

Wie vom Blitz getroffen blieb ich stehen und drehte mich um, sodass Kirren beinahe in mich hineinlief.

„Und wo, wenn ich bitten darf, wollen sie hin?“

Er stellte sich aufrecht hin und antwortete mir. „Richtung Schwarzen See. Meine Männer haben die Wolfe abgefangen und Informationen geholt.“

Ich hob mein Kinn und sagte: „Dann seid ihr als General wohl doch nicht so fehl auf eurem Posten.“ Ich setzte mich wieder in Bewegung und lief die Treppen im Empfangsaal hinunter. „Aber warum sind wir dann noch nicht auf dem Weg zum See? Los, sattelt Celest, sie dürfen nicht vor uns dort sein!“

18

Es waren Stunden, die wir damit verbrachten, durch den Wald zu stolpern. Die Sonne war zwar schon hoch am Himmel, doch sie schaffte es nicht, das Blätterdach der Bäume zu durchbrechen.

Die Wertlichter, die die Jungs in den Händen hielten, tauchten den dunklen Wald in ein schauriges Licht und trugen zu der angespannten Stimmung bei. Bei jedem kleinsten Geräusch, jedem Knacken, Rascheln oder selbst wenn der Wald zu still erschien, zuckten wir zusammen und schnellten mit unseren Waffen herum.

Wir waren schrecklich angespannt! Hinter jeder Ecke könnte mein Mörder bereits auf uns warten. Das Schlimmste war die Ungewissheit, wir hatten keine Ahnung wer uns verfolgte. Kai hatte in Gedanken eine Liste mit Personen aufgestellt, die es sein könnten, keinen davon kannte ich, keiner davon kam für Jonas oder Marik in Betracht. Keiner der *Verbrecher* kam in Frage, denn nicht mehr viele Leute wussten von der Prophezeiung und nur die Adeligen erreichte die Kunde über mich.

„Wie weit ist es noch?“, fragte ich, während wir über einen sumpfigen Boden gingen. Jeder unserer Schritte schmatzte und wir hinterließen tiefe Fußspuren.

„*Wenn* wir richtig unterwegs sind, müssten wir in weniger als fünf Minuten ankommen", antwortete mir Marik, der vor mir ging.

Mir kam es vor, als würde der Boden immer matschiger werden. Vorsichtig, um nicht auszurutschen, setzte ich einen Fuß vor den anderen. Doch auch das brachte nichts, als ich mein Gewicht verlagerte versank ich bis zu den Knien im Schlamm. Ich quiekte und versuchte wieder herauszukommen. Anstatt mir zu helfen lachten Marik und Kai, aber auch Jonas konnte ein Grinsen nicht verbergen. So fing auch ich zu lachen an. Als wir uns alle wieder beruhigt hatten streckte ich Jonas die Hand hin.

Ich spürte ein leichtes Kribbeln, als sich unsere Finger berührten. Er versuchte mich herauszuziehen, doch ich steckte fest. Nach einem Blickwechsel packten auch mein Bruder und Kai mit an. Die beiden zogen an meinen Armen und Jonas legte seine Arme um meine Taille. Mein Herz begann zu rasen, als ich Jonas' heißen Atem in meinem Nacken spürte. Mir wurde heiß und ich ärgerte mich darüber, es war eine simple Situation und ich hatte nur ihn im Sinn.

Auf *Drei* versuchten sie mich herauszuziehen. Ich fühlte mich, als würden sie mich zerreißen wollten. Sie strengten sich noch mehr an und mit einem Mal war ich frei. Kai und Marik fielen auf den Hintern und ich landete auf Jonas. Wieder lachten wir und vergaßen kurz, wo wir waren.

Mit einem Schlag wurden wir wieder in die Gegenwart zurückgeholt. Ein schwarzer Pfeil schoss knapp über unseren Köpfen vorbei und bohrte sich in einen Baum.

Wir sprangen hoch und zogen unsere Waffen. Kai rannte zu dem Baum und zog den Pfeil heraus, er wurde blass und hielt Marik den Pfeil entgegen. Wie versteinert starrte er den Pfeil an und sagte heiser: „Lauft!!"

Wir reagierten augenblicklich und rannten los. Wir liefen so schnell wir konnten, hinter uns brach die Hölle los. Vögel stoben aus und es war als würde ein ganzes Heer aus Kriegern hinter uns herjagen.

Niemand von uns blickte sich um, keiner traute sich zurück zu sehen. Trotz der Dunkelheit waren wir schnell, aber sie waren schneller. Ich spürte, sie kamen immer näher, doch in der Ferne konnte ich den Waldrand erblicken. Und dahinter den Schwarzen See. Er war atemberaubend schön und diese Schönheit rief nach mir. Es war ein Schrei, ein furchtbar schrilles Kreischen, das mir die Seele zerriss. Ein Hilfeschrei, der aus dem Innersten des Sees kam.

Ich hielt mir die Ohren zu, in der Hoffnung es würde aufhören, doch das Kreischen erreichte mich nicht durch meine Ohren, es war mein Innerstes, das den Schrei erhörte. Es trieb mir die Tränen in die Augen, doch ich musste durchhalten. Es war unsere einzige Möglichkeit zu entkommen.

„Durchhalten, Sophie!" Jonas hatte gemerkt, dass es mir nicht gut ging und sah mit einem sorgenvollen Blick zu mir. In seinen Augen lag Furcht, eine Angst, die mir galt und dem, was unvermeidlich bevorstand.

Als wir den Waldrand erreichten glaubte ich aufgeben zu müssen. Dieses Flehen des Sees war wie ein Messer, das sich unaufhaltbar in meinen Kopf bohrte. Eine Vision versuchte wie ein Gedanke einzudringen. Eine Flut von Bildern stürzte auf mich ein und drohte mich zu erdrücken. Keines davon war klar zu sehen und doch waren sie schlimmer als alles andere. Krampfhaft versuchte ich sie von mir zu schieben, blickte geradeaus. Der See war eine Sackgasse und lieferte uns den Feinden aus.

Am Ufer angekommen brach ich zusammen. Ich krümmte mich vor Schmerz, denn das Kreischen füllte die plötzliche Stille aus.

Zitternd blickte ich auf und sah, dass sich die Jungs vor mir aufgebaut hatten und ihre Waffen zogen. Vor ihnen kamen dunkle Schatten zwischen den Bäumen hervor, ich konnte nicht klar erkennen, ob es Krieger waren, aber Freunde jedenfalls nicht.

Kai hatte seine Axt in Flammen gesetzt und auch Jonas und Marik setzten ihre magischen Fähigkeiten ein. Ich wusste, sie würden kämpfen, auch ohne Schwerter und ihre Fähigkeiten, sie würden ihr Leben für mich riskieren. Und genau das konnte ich nicht zulassen.

Ich wollte mich gerade aufrichten, als die Bilder die Oberhand gewannen. Es war wie einer meiner Träume …

Sie stand an einem See, dem Schwarzen See. Der Wind wehte und hinter ihr tobte der Kampf. Doch sie starrte nur auf den See, als sie einen Funken Licht über den See schickte …

Die Vision wurde von einer Stimme unterbrochen. Der Stimme aus der Schlucht und meinem letzten Traum. Sie flüsterte mit dem Wind: „Leuchte!"

Ich spürte heiße Tränen über meine Wangen laufen, als ich zurück flüsterte: „Ich kann nicht …"

„Dann blende sie!" Der Wind legte sich und die Stimme verschwand, aber das Kreischen blieb.

Ich presste mir die Hände auf die Ohren, es war unerträglich!

Die Schatten kamen wie hungrige Tiere hinter den Bäumen hervor, langsam und ohne eine einzige falsche Bewegung kamen sie auf uns zu. Die Spannung war greifbar und die Ungeduld der Schatten stand zwischen uns, doch eine unsichtbare Gewalt hielt sie zurück.

Sobald sie die Dunkelheit des Waldes hinter sich gelassen hatten wurde sichtbar, was sie waren. Soldaten aus Eis standen direkt vor uns und hielten uns mit ihren Waffen in Schach.

Doch die Prinzen, die vor mir standen, zeigten nicht das kleinste bisschen Unsicherheit.

Plötzlich traten zwei weitere Gestalten aus dem Wald heraus.

Eine junge Frau, nicht viel älter als ich, und ein Mann, er sah fast so aus wie Marik, nur älter.

Mir lief ein Schauer über den Rücken, als die Frau die Hand ausstreckte und die erstarrten Soldaten gleichzeitig einen Schritt auf uns zu machten.

Als die Frau zu einer neuen Geste ausholte, griff der Mann nach ihrer Hand und hielt sie zurück.

In diesem Moment ergriff Marik das Wort: „Hannah, ich hätte es wissen müssen. Aber warum?" Seine Stimme war eiskalt und scheidender als sein Schwert, das er fest umklammert zwischen seinen Händen hielt.

Ich bekam nur Bruchteile von dem mit, was gerade passierte, denn das Kreischen wurde immer lauter und klagender.

Krampfhaft versuchte ich es auszublenden, doch es gewann die Oberhand und es schien die Zeit anzuhalten.

„Dieses Mädchen sitzt auf meinem Thron. Dieses Mädchen besitzt meinen Ruhm und nimmt mir Jonas weg, und das lass ich mir nicht von einem Menschen nehmen!“ Ihre schrille Stimme hallte über den See, wobei sie nicht weniger schneidend klang als die von Marik.

„Und warum du? Du verrätst unser Königreich und deine Familie. Warum, Archer?“ Als Marik das sagte klang seine Stimme nicht hart, im Gegensatz, sie klang verletzt.

„Ich musste euch finden. Du hast nur eine Nachricht hinterlassen, Mutter macht sich Sorgen!“ Der Mann ließ die Hand der Frau, Hannah, immer noch nicht los.

Erst jetzt dämmerte mir, dass dies, der Mann, Mariks Bruder war, *mein* Bruder.

„Und warum kämpfst du dann nicht mit uns, Archer? Falls es dir noch nicht aufgefallen ist, du stehst auf der falschen Seite“, das kam von Jonas.

Archer wurde blass als er realisierte, was Hannah vorhatte. „Es … sie sagte, sie würde euch suchen um euch zu helfen. Ich hätte nie gedacht …“

Dieser Augenblick reichte und Hannah entriss ihm ihre Hand. Ehe er sich versah wurde er von drei Soldaten umzingelt, die ihn festhielten.

Hannah stieß ein schallendes Lachen aus und sagte: „Du bist noch naiver als Marik. Du dachtest doch nicht wirklich, dass ich ihnen helfen will?“ Sie drehte sich um und sah mir direkt in die Augen. Sie fixierte mich mit ihrem Blick und ich konnte ihm nicht standhalten. Wieder stieß sie ein Lachen aus und sagte: „Du sollst Königin werden? Du kannst noch nicht einmal alleine stehen, du bist eine Witzfigur!“

Dann hob sie ihren Degen und die Eis-Soldaten fielen über uns her. Kai setzte Soldaten in Brand, zerteilte sie mit seiner Axt oder zertrümmerte sie in kleinste Teile. Marik ließ sie unter einer weiteren Eisschicht erstarren und Jonas zerbrach sie unermüdlich. Und obwohl sie alles dafür taten, sie von mir fernzuhalten und sie umzubringen, wurden es immer mehr. In diesem Moment war ich ihnen dankbarer als es möglich war auszudrücken, ich liebte sie.

Archer wollte eingreifen, doch der wurde von Hannah KO geschlagen.

Wieder wollte ich aufstehen, doch eine Welle aus Schmerz überrollte mich. Ich krümmte mich und rollte mich auf dem Boden zusammen.

Die Jungen kämpften verbittert, doch die Eis-Soldaten waren zu viele. Jonas wurde unter einem Berg von ihnen begraben, Marik wurde ein Messer an die Kehle gehalten und Kai am Boden festgenagelt. Sie waren geschlagen und wir hatten verloren.

Das Kreischen erreichte seinen Höhepunkt, ich spürte wie es in der Luft vibrierte. Zitternd hob ich meinen Blick, Hannah kam siegessicher auf mich zu. Ich sah an ihr vorbei und Jonas' Blick traf meinen. Er wurde hochgerissen und ihm sein Schwert aus der Hand geschlagen. Sein Blick war voller Angst, Angst um mich. Das Funkeln war aus seinen Augen verschwunden, doch dass er für mich durch die Hölle gehen würde stand großgeschrieben in ihnen.

Die letzte Flamme meiner Hoffnung erlosch und ich war bereit, freiwillig mit Hannah zu gehen, wenn sie Jonas, Kai und meine Brüder gehen ließ. Doch da kam der Wind auf und erinnerte mich an die Stimme. *Blende sie!!* Dieser Wind übertönte mit seiner Ruhe selbst das Kreischen. Und das gab mir Kraft. Wofür wäre ich sonst Luna, warum hätte ich eine Gabe geschenkt bekommen, wenn nicht um sie einzusetzen?

Als Hannah bei mir angekommen war, stieß sie ein höhnisches Lachen aus. „Du bist eine Schande für die Magische Welt." Sie nahm mein Kinn in ihre Hand und musterte mich. „Du bist der Königin wie aus dem Gesicht geschnitten, aber eine menschliche Königin ohne einen Funken Magie."

Ich entriss ihr mein Kinn und wartete darauf, dass sie sich umdrehte und Marik und Kai ihren Sieg unter die Nase rieb.

Uhh ...Wie gut ich sie schon kannte.

Sie drehte sich um und tat wie geheißen. Diesen Moment nutzte ich, immer noch zitternd richtete ich mich auf. Schnell trat ich ihr in die Kniekehle, überrascht stieß sie einen Schrei aus und knickte um. Entgeistert sah sie mich an, als ich sagte: „Vielleicht bin ich schwach, hilflos und *menschlich,* aber eines bin ich nicht! So kalt wie du!!“ Naja, fast.

Als ich mich bückte glaubte sie wohl, ich würde mich wieder vor Schmerzen zusammenkrümmen, doch ich legte vorsichtig meine Hand auf den Boden. Verwirrt sah sie mir zu, wie ich das Licht in mir sammelte.

Gerade als sie mich unterbrechen wollte schickte ich meine ganze Energie in den Boden. Und genau wie damals, als ich wütend auf die Jungs war, jagte eine Welle aus Licht über den Boden. Sie schleuderte Hannah zu Boden und ließ die Soldaten, die die Jungen festhielten, bersten.

Als Hannah wieder aufgestanden war fielen ihr fast die Augen aus dem Kopf. „Wie?! ... Das kann doch nicht sein!“ Dann wurde sie schlagartig ernst und fauchte: „Das ist meine Gabe! Ich hätte sie bekommen sollen, du bist ihrer nicht würdig!!!!“

Ihre Reaktion glich einem Wutausbruch, sie ballte die Hände, während sie sich ohne hinzusehen auf Jonas und Marik konzentrierte, die sich von hinten näherten. Sie bewegte nur einen Finger, doch das genügte. In Sekundenschnelle bauten sich ein paar der Eis-Soldaten wieder auf und packten sie. Das hatten sie nicht erwartet, sie wollten sich wehren, doch das Eis ließ nicht nach.

Ich schnellte herum und wollte ihnen zu Hilfe eilen, als Hannah mich packte. Sie drehte mir die Hände auf den Rücken und drückte mir die Luft ab.

Jetzt lachte sie wieder. „So leicht wirst du mich nicht los.“

Danach stieß sie einen seltsamen Schrei aus und ein riesiges Ungetüm schoss herbei. Es sah aus wie ein Löwe, war aber um einiges größer, er erreichte die Größe eines Autos in meiner Welt.

Sobald er zu stehen gekommen war drehte sich Hannah wieder zu mir. „Und du wirst jetzt schlafen, Dornröschen.“

Das Letzte, was ich sah, war Jonas' Blick, er war ernst, ohne den kleinsten Zweifel darin … er würde mich retten.

Dann explodierte vor meinen Augen ein blaues Funkeln und ich verlor das Bewusstsein.

19

„Nein!!“, brüllte Marik jetzt schon seit Stunden im Minutentakt. Immer wieder schrie oder fluchte er und zerkleinerte mit seinem Schwert alles, was ihm in den Weg kam.

„Was machen wir jetzt?“, fragte Kai.

Tja, gute Frage, dachte ich und drehte mich zu ihm um.

Wir waren immer noch hier, am See, und hatten keine Ahnung was als nächstes kam.

Um uns herum waren keinerlei Spuren von unserem Kampf zurückgeblieben, nichts wies darauf hin, dass Hannah überhaupt hier war. Und doch hatte sie gegen uns gekämpft und sich genommen, was sie wollte.

Mir wurde furchtbar übel als ich daran dachte, was sie Sophie antun würde. Hannah war gründlich, niemals würde sie Sophie töten, nein, sie würde nur dafür sorgen, dass dies geschah. Ob sie jemanden dafür beauftragt, der es für sie erledigen sollte, oder sie ließ es wie einen Unfall aussehen. Ich hatte keine Ahnung, aber irgendetwas davon würde es sein.

Und dafür wird sie büßen!!

„Ich werde sie umbringen!!“, knurrte Marik, der endlich sein Schwert aus der Hand gelegt hatte.

„Oh nein! Das werde ich erledigen!“, sagte ich, doch da hörte ich etwas rascheln.

Ich fuhr herum und sah, dass auch Kai und Marik es gehört hatten. Angespannt kniff ich meine Augen zusammen und versuchte im Wald etwas auszumachen.

Als sie etwas sagte, entdeckte ich sie. „Ihr sitzt ziemlich tief im Dreck.“

Geschmeidig sprang die kleine pechschwarze Katze vom Baum und lief auf uns zu. Als sie näher kam konnte ich die Farbe ihrer Augen erkennen, sie waren türkis-grün.

„Wer bist du?“, fragte Marik und ich sah, wie er zu seinem Schwert schielte.

„Wer ich bin?“ Die kleine Katze schnurrte. „Ich bin viele.“

„Na gut. Viele, was willst du?“ Kai blickte sie durch schmale Augen an.

„Du hörst nicht zu“, sagte die Katze, während sie um meine Beine schlich. „Viele ist die Antwort auf *wer* ich bin und nicht wie ich heiße, Zweibeiner.“

„Und wie heißt du?“, fragte ich, bemüht darum meine Stimme ruhig klingen zu lassen.

„Mein Name ist Ruhko. Doch lasst bitte die Fragerei, wir haben schließlich meine Prinzessin zu retten.“

Viele? … Ruhko … Prinzessin retten? Irgendwie passte das nicht zusammen.

„Da du ja auf Fragen brennst, Prinz Jonas, gestatte ich dir eine letzte, vorausgesetzt du stellst sie richtig.“

Ohne darauf einzugehen, woher sie meinen Namen wusste, dachte ich kurz nach, obwohl ich die Frage schon längst wusste: „*Was* genau bist du?“

Die Katze grinste ein raubtierhaftes Grinsen und antwortete mir. „Ich bin ein Drachenwesen und somit treuer Begleiter der Tochter der Sonne.“

Noch bevor ich überhaupt begreifen konnte, was sie da gesagt hatte, machte Ruhko einen Sprung in die Luft und die kleine Katze schwang sich als Vogel in die Lüfte.

20

Als ich zu mir kam dröhnte ein hämmerndes Pochen in meinem Kopf. Ich schlug die Augen auf und musste erst ein paar Mal blinzeln, bis ich mich orientieren konnte wo oben und unten war. Mir war übel und ich hatte das Gefühl, ich hätte mich gestern mit Alkohol vollgepumpt und wäre stockbesoffen ins Bett gefallen.

Ich wartete darauf, dass jeden Moment meine Mom hereinkommen würde und mir vorwirft, dass ich gestern zu spät heimgekommen war.

Das Getrampel vor der Tür kam näher und ich stellte mich schon auf die Predigt ein, die sie mir halten würde. Doch es kam niemand herein, das Einzige, was passierte, war, dass mir Essen durch eine Klappe in der Tür geschoben wurde.

MOMENT! Eine beschlagene Holztür mit einer Klappe fürs Essen?

Verwirrt stand ich auf und drehte mich einmal um mich selbst. Steinwände, eine klapprige Pritsche und eine Stahlkette, die in die Wand gemauert war. Die Kette führte von der Wand über den Boden und schlängelte sich bis zu meinem Fuß, dort war sie mit einem eisernen Ring an meinem Knöchel befestigt.

Zack! Es traf mich wie ein Schlag, endlich war der Groschen gefallen. Ich sank zurück auf die Pritsche, wobei sie sich unter meinem Gewicht bog und laut ächzte.

Ich war nicht zuhause, ich war in der Magischen Welt. Doch das Letzte, an das ich mich erinnerte, war, dass ich, als ich geschlafen habe, munter wurde und direkt in den schwarzen Nachthimmel geblickt habe. Das Schlimme war, ich wusste nur, dass ich in der Magischen Welt war, aber nicht warum. Ich konnte mich an nichts anderes erinnern.

Während ich meine Gedanken nach etwas Brauchbarem durchforstete, wurde die Tür mit Schwung aufgerissen und eine Frau kam herein stolziert.

Sie hatte die Statur von einem Model und das Gesicht einer Fee. Die hohen Wangenknochen brachten ihre kristallblauen Augen perfekt zur Geltung. Ihre vollen Lippen waren wunderschön geschwungen und wahrscheinlich roter als die Kirschen im Sommer, genau wie ihr Haar war alles an ihr perfekt. Vor mir stand Schneewittchen persönlich.

In meinem Hinterkopf blitzte ein Gedanke auf: *Wenn Jonas sie sieht, würde er mich links liegen lassen.* Ich schüttelte den Kopf, ich kannte nicht einmal einen Jonas.

Schneewittchen kniete sich vor mir hin und musterte mich. „Bist du okay, geht es dir gut?"

Überrascht antwortete ich. „Ja, mir ist nur etwas übel … Wer bist du?"

Sie lachte freundlich. „Ich bin Hannah."

Hannah … irgendetwas sagte mir dieser Name. „Und wer bin ich?"

Wieder dieses Lachen. „Du heißt Sophie und wer du bist werde ich dir später erzählen. Jetzt musst du nur noch essen."

Sie sprach etwas an, was ich schon die ganze Zeit wollte, essen.

Ich nickte, aber bevor ich es tat, fragte ich: „Was mache ich hier in dieser Zelle?"

„Das war nur eine Sicherheitsmaßnahme, du wirst nach dem Essen in dein eigentliches Zimmer gebracht." Dann rauschte sie hinaus.

Lange schaute ich ihr nach, bis sich mein Magen meldete. Gierig schlang ich mein Essen hinunter. Es war fettig, aber das Beste, das ich seit Tagen gegessen hatte, obwohl ich keine Ahnung hatte woher ich das wusste.

Schulterzuckend schlang ich es hinunter und wollte hinausgehen, doch die Türe war verschlossen. Seufzend setzte ich mich auf die Pritsche und während ich über meine Situation nachdachte, schlief ich wieder ein.

Ich träumte von drei Jungen, die sich durch alle nur erdenklichen Lagen kämpften. Einer wendete immer wieder die Fähigkeit an, etwa alles, was ihm im Weg stand, abzufackeln, der Blonde löschte die Flammen, indem er sie zu Eis erstarren ließ. Der dritte war ständig ernst und sagte nur etwas, wenn es wichtig war.

Es war ein schräger Traum, aber als ich wieder aufwachte wusste ich nichts mehr davon.

Ich wachte in dem Zimmer einer Prinzessin auf. Die Wände waren himmelblau und der Boden aus Marmor.

Das Himmelbett, in dem ich lag, war federweich, und die pinke Bettwäsche war aus Daunen. Bis auf das Bett standen noch ein kleiner Schminktisch und eine verschiebbare Trennwand im Zimmer. Ich stand auf und wollte erkunden, was hinter der Trennwand war, als es klopfte.

Da ich nur im Nachthemd dastand, schlüpfte ich schnell wieder unter die Bettdecke und bat die Person herein.

In einem bodenlangen roten Kleid kam Schneewittchen mit zwei anderen, vermutlich Zofen, herein.

„Guten Morgen, Dornröschen." Hannah lächelte warm und winkte die Zofen herbei.

Sie waren zur Hälfte Ziege und zur Hälfte Mensch. Der Ziegenkörper endete an den Schultern, wo der Oberkörper des menschlichen Teils begann. Auch sie lächelten mich aufmunternd an.

„Das sind meine, nun deine Zofen, Cindy und Clara. Sie werden dir bei jedem Problem helfen und dir bei Morgen- und Abend-Toilette zur Seite stehen. Ich, wenn du mich brauchst, ebenfalls."

Sie klatschte in die Hände und die beiden Zofen zogen mir die Bettdecke weg.

„Ich komme wieder, wenn ihr fertig seid.“ Hannah ging zur Tür hinaus.

Mit einem mulmigen Gefühl ließ ich mir gefallen, was die Zofen mit mir anstellten. Sie zogen mich aus und scheuchten mich in eine heiße Badewanne, die übrigens hinter der Trennwand war.

Obwohl das Wasser angenehm war, konnte ich mich einfach nicht entspannen.

Ich war hier ohne zu wissen warum, ich hatte mein Gedächtnis verloren, ohne zu wissen warum. Aber vor allem hatte ich das Gefühl beobachtet zu werden, oder anders gesagt, als würde ich in der Falle sitzen.

Tja, egal, mir wurden Antworten versprochen und die würde ich bekommen.

Nach dem Bad cremten mich Cindy und Clara mit einem gut riechenden Öl ein und feilten mir meine abgebrochenen Fingernägel. Anschließend wurde ich angezogen. Ich bekam zuerst einen Unterrock und ein Korsett, wobei ich sehr dankbar um die Zofen war, denn alleine hätte ich es nie anziehen können.

Unter dem Unterrock musste ich außerdem noch eine hauchdünne Strumpfhose anziehen und darüber einen riesigen Tüllrock. Die Bluse, die ich über das Korsett anzog, passte perfekt. Und über das, was ich jetzt schon anhatte, bekam ich ein hellgrünes Überkleid über den Kopf gezogen.

„Was sagt Ihr dazu?“, fragte Cindy … oder Clara, keine Ahnung, sie sahen zu gleich aus.

„Es ist etwas viel, findet ihr nicht?“ Ich zupfte an dem Überkleid herum.

„Ihr habt Recht“, kam es von der anderen Zofe.

Im Nu hatten sie mir alles wieder ausgezogen und kramten in der riesigen Truhe herum, aus der sie schon das andere Zeug gezogen hatten.

Gespannt, was sie mir als nächstes aufzwangen, sah ich ihnen zu. Kurze Zeit später zogen sie ein blaues knielanges Kleid aus der Truhe. Diesmal gaben sie mir kein Korsett oder keinen Unterrock, sie zogen mir einfach das Kleid an.

Es schmiegte sich eng, aber perfekt an meine Taille und fiel locker bis zu den Knien. Als ich mich drehte schwang es in einem perfekten Kreis um mich und fiel dann locker wieder in die gebügelten Falten zurück.

„Perfekt“, sagten die Zofen im Chor.

„Danke!“ Das Kleid war wirklich perfekt.

Genau in diesem Moment kam Hannah herein und winkte mich zu sich. Bei ihr angekommen zog sie mich am Arm und führte mich herum.

Der Gang, in dem wir gingen, war breit und voller Porträts und Gemälde. Die meisten davon waren von Schneewittchen, aber auch von Familien. Eines, auf dem nur ein junger und zugleich alter Mann waren, ein anderes mit einer traurig aussehenden Familie mit vier gutaussehenden Jungen und deren Eltern. Auf einem weiteren waren nur zwei Jungen zu sehen und wieder deren Eltern. Die Erwachsenen auf den Bildern hatten alle Kronen aus Gold, Silber oder Eis auf. Es mussten die Königlichen Familien der Magischen Welt sein.

Hannah führte mich weiter. Wieder waren Porträts von Schneewittchen zu sehen, aber auch die von einem unglaublich gut aussehenden Jungen. Er war vorher schon auf dem Bild zu sehen, auf dem nur der Junge und sein Vater waren. Auf diesen Bildern strahlte er, wer auch immer dieses Bild gemalt hatte, schaffte es, seine Wärme und das Funkeln in seinen Augen einzufangen.

Nach dem Bild hatte er aschebraunes Haar und bernsteinfarene Augen. Er sah einfach gut aus und sein Lächeln löste etwas in mir aus, was nicht zu beschreiben war.

„Gefallen sie dir?“ Hannah riss mich aus meinen Gedanken.

Ich nickte. „Sie sind wunderschön.“

Nach weiteren Bildern standen wir vor einer großen Tür, die geöffnet wurde, sobald wir davor traten.

Als wir eintraten kam ein Heer von Dienern herbei und deckte den Tisch.

Schneewittchen setzte sich an die Spitze der Tafel und deutete auf den Platz neben sich. Und ohne zu zögern nahm ich Platz.

Der Raum, in dem wir saßen, war genauso wie der Gang, voll mit Bildern. Nur eine Wand war völlig aus Glas. Die Aussicht war atemberaubend! Ein riesiger Wald, soweit das Auge reichte, und da das Zimmer hoch über den Baumwipfeln war, konnte man bis zu den Bergen sehen. Ein Fluss schlängelte sich durch die Landschaft und es sah so aus als hätte der Garten des Gebäudes, in dem ich mich befand, seine Grenzen erst hinter den Bergen.

„Dieser Ausblick ist fast noch schöner als das Schloss“, sagte ich, als ich Hannahs Blick bemerkte.

„Noch hast du nicht das ganze Schloss gesehen“, sie lachte leise und begann mit dem Essen.

Wie alles im Schloss war auch das Essen perfekt.

Ich sah Hannah eine Zeit lang einfach nur an. Als sie meinen Blick bemerkte kam wieder ihr strahlendes Lachen zum Vorschein. „Wie ich sehe brennst du auf Antworten, also frag mich. Ich werde deine Fragen so gut ich kann beantworten.“

„Okay, meine erste Frage: Wie kam ich hier her?“, gespannt sah ich sie an.

„Das weiß ich selbst nicht, einer meiner Wachen hat dich vor dem Schloss gefunden. Du warst völlig erschöpft und konntest dich an nichts erinnern. Und sobald du im Schloss warst, wurdest du ohnmächtig.“

Zwischen jeder Frage machten wir eine Pause und aßen etwas.

Ich erfuhr, dass das Schloss eigentlich nur ein riesiger Turm war, und dass Hannah keine Prinzessin, sondern nur die entfernte Cousine der Königlichen Familie Matrix war. Sie versprach mir, dass ich hier willkommen war und bleiben könnte solange ich wollte. Schneewittchen war mir sympathisch. Sie war freundlich, hilfsbereit und vor allem war sie offen. Ich erfuhr so einiges über das Schloss und auch auf alle anderen Fragen bekam ich Antworten. Leider wusste sie genau so wenig über mich wie ich, aber sie versprach mir jemanden zu beauftragen um herauszufinden, wer ich war.

Als mein Hunger auf Antworten gestillt war brannte mir nur noch eine Frage auf der Zunge.

„Wer ist dieser Junge? Der Junge auf den Porträts, er ist fast öfter zu sehen als du." Ich lachte kurz und sprach weiter. „Er kommt mir bekannt vor."

Schneewittchen wurde noch blasser als sie sowieso schon war, für kurze Zeit verschwand sogar ihr Lächeln und sie war kurz davor die Fassung zu verlieren. Doch das dauerte nicht lange, Sekunden später hatte sie sich wieder gefangen und sah aus als wäre nie etwas passiert.

„Er ist mein Verlobter. Jonas, so heißt er, er kommt aus dem Königreich Litrium."

„Eine gute Wahl. Er sieht gut aus!" Ich lachte und erinnerte mich an sein Gesicht.

Gezwungen lächelte sie und sagte: „Ja, das tut er, aber er ist auch liebevoll und fürsorglich."

Für den Rest des Essens schwiegen wir, was mir nichts ausmachte. Ich genoss den Morgen und die Aussicht.

Dieser Moment war angenehm, ich konnte ausblenden, was mich bedrückte, und die Fragen in meinem Hinterkopf vergessen.

Als die Diener den Tisch abräumten sagte Hannah: „Ich habe den ganzen Tag nichts zu tun, möchtest du etwas unternehmen? Denn bis der Bote etwas herausfindet, können wir uns die Zeit gemeinsam vertreiben. Aber vor einem muss ich dich warnen, in meinem Reich passiert nicht viel." Sie lächelte und sah mich erwartungsvoll an.

Sie hatte Recht, bis der Bote zurückkehrt könnten Tage vergehen und zu zweit würde die Zeit schneller vergehen. Kurz überlegte ich. „Hast du Pferde?" Schon als ich das Wort *Pferde* ausgesprochen hatte wurde ihr Lächeln zu einem hundert Watt-Lächeln.

„Das ist perfekt! Ich habe die geeigneten Pferde für uns und ich muss dir unbedingt mein Land zeigen." Sofort sprang sie auf und rief meine Zofen herbei.

„Helft ihr beim Anziehen, wir werden ausreiten!“ Dann wandte sich Schneewittchen einem der Wachen zu und sagte, dass er eine Truppe für einen Begleitschutz bereithalten sollte. Sie rauschte aus dem Zimmer und ließ mich mit den Zofen alleine.

Sobald sie verschwunden war kamen meine Sorgen zurück.

Ich war so in meine Gedanken versunken, dass ich kaum bemerkte, dass mich Cindy und Clara in mein Gemach zogen.

In meinem Kopf war ein riesiges Durcheinander. Etwas in mir schrie danach, nicht so naiv zu sein und mir gut zu überlegen, wem ich mein Vertrauen schenkte. Ein anderer Teil sagte mir, wie dankbar ich für Hannahs Hilfe sein konnte. Wiederum ein anderer zeigte mir das Bild von Prinz Jonas.

Aber der lauteste Gedanke war erschreckend. Ich konnte ihn nicht genau deuten, doch er verkörperte das Gefühl, in Gefahr zu sein.

Schnell wischte ich diese Gedanken beiseite und versprach mir selbst, später darüber nachzudenken. Jetzt freute ich mich erst einmal auf den Ausritt.

Cindy zwängte mich in eine enge Lederhose, während Clara mir ein Reitjackett reichte. Es passte wie angegossen, ich fühlte mich superwohl. Der Stoff schmiegte sich an meine Kurven und bewegte sich bei jeder Bewegung mit.

„Ihr habt Glück, dass Ihr dieselbe Figur habt wie Madame Hannah.“ Clara schnürte gerade die letzten Fäden an meinem Rücken zusammen.

Cindy erwiderte etwas und flocht mir die Haare zu einem langen Zopf. Irgendetwas an dieser Situation ließ eine Erinnerung aufblitzen.

Ich saß in einem kleinen Badezimmer und bekam von einem Mädchen die Haare hochgesteckt. In der Erinnerung hatte ich ein wunderschönes Kleid an, es war sogar schöner als jedes Kleid, das ich je an Schneewittchen gesehen hatte. Leider konnte ich mich nicht an den Namen des Mädchens erinnern, sie war jedoch wie Cindy und Clara, halb Ziege, halb Mensch.

Doch sobald ich genauer auf die Erinnerung einging, verschwand sie wieder.

Dadurch schöpfte ich Hoffnung, es war ein Anfang davon, dass meine gesamten Erinnerungen zurückkommen könnten.

Gleich darauf kam ein Diener herein und sagte: „Bitte folgt mir. Madame wartet schon im Reitstall."

Ich bedankte mich bei meinen Zofen und folgte dem Diener.

Wir gingen durch einen langen Gang und anschließend in einen hohen Treppenabgang. Überall hingen Fotos von Jonas und Hannah. Auf manchen waren sie gemeinsam abgebildet, auf diesen strahlte sie, während Jonas eisige Kälte ausstrahlte.

„Wann haben sie sich verlobt?", fragte ich den Diener.

Er räusperte sich und antwortete. „Noch nicht sehr lange her, my Lady."

„Wo ist er? Ich habe ihn noch nicht gesehen."

„Der Herr ist zurzeit auf der Jagd." Er beschleunigte seine Schritte. „Wir sollten Madame nicht warten lassen."

Unten angekommen standen wir vor der riesigen Eingangstür. Der Empfangssaal war riesig und trotz der Eile drehte ich mich einmal um mich selbst, wobei ich an einem gewaltigen Gemälde hängen blieb.

Es war umrahmt von einem riesigen Goldrahmen, welcher so breit war wie mein Unterarm. Das Bild selbst war überaus farbenfroh. Hannah hatte ein zierliches Diadem auf dem Haupt und steckte in einem lachsfarbenen Kleid.

Vor ihr saß Jonas auf einem königlichen Stuhl. Seine lässige Haltung wirkte angespannt und sein Gesicht war eine eiserne Maske. Trotzdem sah er unwiderstehlicher aus als auf jedem anderen Gemälde.

Schneewittchen hatte die Hände um Jonas' Schultern gelegt und drückte sich an ihn. Wobei Jonas nicht den Eindruck machte, als ob ihm das gefiel. Der Maler dieses Gemäldes hatte es geschafft, jedes kleinste Detail einzufangen.

„Schneewittchen … ähm … Hannah liebt diesen Jungen wirklich, oder?" Ich räusperte mich um zu vertuschen, dass ich mich versprochen hatte.

Der Diener schmunzelte und erwiderte: „Natürlich. Nur, ich gebe Euch einen Rat, sprecht dieses Thema nie bei Madame an."

Dann scheuchte er mich Richtung Reitstall.

Wie alles war auch der Stall riesig. Wunderschöne Rösser, Ponys, Kutschenpferde und Turnierpferde in allen Fellfarben.

In der Mitte des Ganges stand ein schneeweißes Pferd, seine Schulter reichte weit über meine. Mähne und Schweif waren leicht gewellt und das Fell glatt gebürstet.

Hinter dem Pferd kam Hannah hervor. Sie war gerade dabei einen Zopf in den Schweif zu flechten. Als sie mich sah lächelte sie mich warm an. In ihren Augen stand die Vorfreude auf den Ausritt. Ich war wie verzaubert und wurde von ihrer Freude angesteckt.

„Das ist Celest. Mein Lieblingspferd." Liebevoll klopfte sie dem Pferd auf die Flanke. „Ich wollte, dass du dir dein Pferd selbst aussuchst."

Sie führte mich in einen Gang, in dem die Reitpferde in ihren Boxen standen. Eines schöner als das andere, aber keines reichte an Celest heran.

Plötzlich blitzte eine Erinnerung auf. Ein Junge, Jonas, hob mich auf ein anmutiges weißes Pferd. Stopp! Das konnte keine Erinnerung sein, ich kenne diesen Jonas nicht.

„Wolkenbruch …", murmelte ich in Gedanken versunken.

„Ist etwas?" Ich zuckte zusammen als sie mir eine Hand auf die Schulter legte.

„Nein, alles okay. Ich weiß nur nicht, welches ich nehmen soll."

Schneewittchen tippte sich nachdenklich mit dem Finger auf ihr Kinn.

„Wie wäre es mit Bow? Er ist der stärkste und gehfolgsamste Hengst im Stall." Sie deutete auf einen stattlichen hellbraunen Hengst.

Ich nickte und streckte die Hand durch das Gitter. Bow schnupperte an meiner Hand und ich legte sie ihm auf die Stirn. Sofort entstand eine Bindung zwischen uns.

„Ein wunderschönes Pferd! Wenn ich darf, würde ich ihn gerne reiten.“

Hannah öffnete die Box und holte Bow heraus. Gemeinsam striegelten wir ihn und legten ihm eine Decke auf den Rücken.

Als wir fertig waren führten wir die Pferde aus dem Stall.

Draußen vor dem Tor wartete ein Dutzend Soldaten auf ihren Pferden.

Sobald wir bei ihnen angekommen waren, eilten vier Diener herbei. Zwei davon hielten die Pferde fest und die anderen beiden brachten Stühle und halfen uns aufzusteigen.

Sobald ich oben saß, konnte ich den ganzen Garten überblicken und bis zum Waldrand spähen.

Wieder wollte eine Erinnerung aufblitzen, aber irgendetwas blockierte sie. Ich versuchte sie festzuhalten, aber sie entglitt mir wieder.

Ich spürte Hannahs Blick auf mir, doch als ich mich zu ihr drehte, hatte sie sich abgewandt.

„Bereit?“, fragte sie.

„Klar, lass uns losreiten.“ Nach diesen Worten trieb sie ihr Pferd zum Trab an.

Wir beide ritten an der Spitze des Zugs, während uns die Wachen in fünf Metern Abstand formatiert folgten.

Ich genoss den Ritt, den Wind in den Haaren, die frische Luft und das Zwitschern der Vögel.

Wir ritten einen breiten Weg entlang, bis wir den Waldrand erreichten. Dort verlangsamten wir unser Tempo und die Wachen postierten sich um uns herum.

„Gefällt es dir?“

Schneewittchen zügelte ihr Pferd neben mir und wartete auf meine Antwort.

„Klar, ich bin es nur nicht gewohnt, von Wachen begleitet zu werden.“ Ich lächelte und überlegte, was ich sagen sollte, um das Gespräch weiter zu führen, als mir plötzlich ein scharfer Schmerz durch die Brust fuhr.

Ich stöhnte und hielt mich krampfhaft am Sattel fest um nicht herunterzufallen. Eine eiskalte Hand umklammerte mein

Herz und eine Stimme in mir kreischte, wie zwei Schwerter, die aufeinandertrafen.

Hannah ritt heran und hielt mich fest. Verkrampft sank ich gegen sie und versuchte das Zittern zu unterdrücken.

„Schh … schhh“, sie strich mir die Haare aus der Stirn und wischte mir eine Träne von der Wange.

In diesem Moment hatte ich nur Schmerzen, ich konnte keinen klaren Gedanken fassen und bekam nur wenig davon mit, was um mich herum passierte.

Plötzlich wurde mein Pferd nervös und etwas raschelte neben uns. Etwas Kaltes glitt über ein Bein von Bow, über meinen Rücken und zu Hannah, eine Schlange. Am Rande des Bewusstseins bekam ich mit, wie sich die Schlange um Hannahs Hand schlang und ihr etwas ins Ohr flüsterte.

Leise wimmerte ich vor mich hin und konzentrierte mich auf das Kreischen in meinem Inneren. „Erinnere dich!!“

„Nehmt Sophie mit! Ich werde mich um die anderen kümmern.“ Schneewittchens Stimme klang herrisch. Sanft schob sie mich von sich und legte mich in die Hände eines Soldaten, ihr Pferd und die Hälfte der Wachen ritten davon. Meine Schmerzen wurden langsam leichter, doch ich war noch zu schwach um mich darum zu kümmern, was gerade vor sich ging.

Die Wache, ein junger Mann, hob mich sachte vom Pferd und platzierte mich vor ihm auf seinem Schimmel. Bow wurde von einem anderen Wachen am Zügel genommen. So ritten wir zum Schloss zurück.

Von dem Wachen, der mich auf seinem Pferd mitgenommen hatte, wurde ich in mein Gemach getragen. Sobald ich in meinem Bett lag, wuselten Cindy und Clara um uns herum.

„Vielen Dank, Kirren! Wir kümmern uns jetzt um sie, aber dazu brauchen wir Ruhe.“ Damit scheuchten sie ihn aus dem Zimmer.

Doch an der Türe drehte er sich nochmal um. „Ruft nach mir, wenn ihr einen starken Jungen braucht!“

Lachend verschwand er und meine Zofen kamen an mein Bett.

„Wie geht es Euch?“, kam es von Cindy.

Mit der Hand rieb ich mir über meinen brummenden Kopf. „Besser.“

„Gut, dann werden wir Euch jetzt umziehen und danach könnt Ihr Euch ausruhen.“

Umständlich zogen sie mir meine Reitkleidung aus und öffneten mir vorsichtig meinen verfilzten Zopf.

„Wenn Ihr etwas braucht, wir sind im Zimmer nebenan. Ruft einfach und wir kommen.“ Clara schloss leise die Tür hinter ihnen und langsam entspannte ich mich.

Ich genoss die Stille, es dauerte nicht lange und ich nickte ein.

Sie stand in einem Wald, während das Licht immer weniger wurde und selbst die Vögel aufhörten zu zwitschern.

Jonas kniete vor ihr und flehte sie an. „Erinnere dich!! Tu es für mich!! Wir werden kommen, bitte halte durch.“

Doch sie antwortete nur: „Wer bist du?“ Jonas rannen pechschwarze Tränen über seine Wangen.

„Dann hol wenigstens das Licht zurück.“ Er ergriff ihre Hand, doch seine Zeit war abgelaufen, sein Licht verbraucht. Jonas löste sich auf, er zerfiel zu Dunkelheit.

Mit einem Mal war die Stille erdrückend und die Dunkelheit hungrig. Sie verschlang alles Licht und auch sie wurde von der Finsternis verschluckt.

21

Keuchend schreckte ich aus meinem Traum hoch. Ich war vollkommen verschwitzt, mein Nachthemd klebte an mir wie eine zweite Haut und meine Haare waren feucht.

Dieser Traum … Jonas … das war eine Warnung! *Ich muss herausfinden, was mir passiert war, aber wie?* Schneewittchen! Vielleicht war der Bote schon wieder zurück!

Ich wälzte mich aus dem Bett und sprang auf die Beine. Augenblicklich durchfuhr mich ein stechender Schmerz. Ich sackte zu Boden, doch mein Gewissen trieb mich an. Mühevoll rappelte ich mich auf und ging aus meinem Zimmer. Bei jedem Schritt knirschten meine Zähne und es kostete mich unglaubliche Überwindung.

Trotzdem rannte ich fast. Ich riss die Tür auf und stürzte in den Gang. Meine Füße brauchten meine gesamte Konzentration, sodass ich übersah, dass jemand vor mir stand. Mit voller Wucht prallte ich gegen jemanden. Mir drohte das Gleichgewicht zu entgleiten, doch große Hände fingen mich auf.

Als ich hochsah blickte ich in die warmen braunen Augen eines Wachen. Kirren, der Junge, der mich ins Zimmer getragen hatte.

„Wohin des Weges?“ Er lachte und hielt mich weiterhin fest.

„Zu Schneewittchen.“ Ich wollte mich von ihm losmachen, als er losprustete. Empört, worüber er lachte, sah ich ihn an, bis mir mein Fehler auffiel. „Hannah, zu Hannah“, korrigierte ich mich.

Sobald er sich beruhigt hatte, natürlich erst nachdem er sich spielerisch eine Träne aus den Augen gewischt hatte, ließ er mich los. Fehler! Meine Beine gaben unter meinem Gewicht nach und ich fiel zu Boden.

Kirren grinste. „Eindeutig Prinzessin.“ Er bückte sich, schlang einen Arm unter meine Kniekehlen und hob mich hoch, als würde ich nicht mehr wiegen als eine Fliege.

Ich ignorierte seine Worte und fragte: „Kannst du mich zu ihr bringen? Du weißt schon … ich kann kaum gehen.“

„Könnte ich …“ Er musterte mich mit überlegenem Schimmer in seinen Augen. „Werde ich aber nicht.“

Ich öffnete den Mund um meine Empörung herauszulassen, doch er unterbrach mich beim Luftholen.

„Du brauchst ein Bad und etwas zum Anziehen.“ Er versuchte sein Grinsen zu verbergen, doch er scheiterte kläglich.

Wer war er, um sich das zu erlauben!? Meine Empörung erreichte ein neues Level, aber als ich an mir herunter sah … Tja, er hatte Recht. Mein feuchtes Hemd klebte immer noch an mir und meine Haare wollte ich erst gar nicht sehen.

Bevor ich rot wurde knuffte ich ihm in die Seite. Wieder lachte Kirren und tat so als würde er mich fallen lassen. Ich schrie leise und klammerte mich an ihm fest.

Lachend ging er in mein Zimmer und setzte mich auf dem Bett ab.

„Warte, ich hole die Zofen.“

Sogleich kamen die beiden herein und hinter ihnen Kirren.

„Ich werde sofort ein Bad einlassen“, kam es von Clara und sie ging schnurstracks hinter die Trennwand.

„Ich hole neue Kleidung“, Cindy verschwand aus der Tür.

Kirren stand mir gegenüber und grinste vor sich hin.

Er war mir überaus sympathisch. Seine Augen waren freundlich und seine blonden Haare waren lockig. Außerdem war er witzig und einigermaßen höflich.

„Ich brauche Hilfe." Cindys Stimme kam aus dem Flur und wirkte angestrengt.

Sofort wandte sich Kirren um und verschwand um ihr zur helfen.

Aha … hilfsbereit war er auch.

Als er und Cindy wieder herein kamen zog Kirren eine riesige Holztruhe hinter sich her. Cindy dirigierte ihn umher und ließ ihm die Truhe an der Wand platzieren.

„Was wollt Ihr heute anziehen? Wonach steht Euch der Sinn?" Sie sah mich erwartungsvoll an.

Aber ich zuckte nur mit den Schultern und sagte: „Such du aus, mir ist es egal."

Kurz sah sie enttäuscht aus, doch dann stürzte sie sich voller Tatendrang in ihre Arbeit. Sie warf Kirren Kleid um Kleid über die Arme, bis er unter Tüll, Samt und Seide begraben war.

Kichernd kam Clara hinter der Trennwand hervor und winkte mich zu sich.

Zögernd stand ich auf und ging zitternd zu ihr. „Hilfe, bitte." Ich schwankte und drohte umzufallen, als mich von hinten Arme stützten.

Anstatt mich zu entspannen wurde mein ganzer Körper steif. Wie ein Roboter ging ich mit Kirren im Rücken zu Clara.

An der Trennwand übergab er mich Clara, welche mich zur Wanne führte.

Kirren ging hinaus und sagte: „Holt mich, wenn sie nachher immer noch zu *Schneewittchen* will." Lachend verschwand er.

Ich unterdrückte ein Lächeln und schüttelte den Kopf, als ich Claras Blick bemerkte.

Ohne zu fragen half sie mir beim Ausziehen und ging dann, um Cindy zu helfen, als ich mich seufzend in die Badewanne gleiten ließ.

Endlich war ich alleine und konnte nachdenken. Ich schloss die Augen und genoss kurz die Stille, bevor ich mich in meine Gedanken stürzte.

Ich erstellte in meinem Kopf eine Liste, in der ich alles aufzählte, was auch nur irgendwie wichtig sein konnte.

1. *Ich kann mich an nichts erinnern.*
2. *Kenne Hannah so gut wie gar nicht.*
3. *Vertraue ihr aber blind …*
4. *Sie reagiert eigenartig in Bezug auf Jonas (sicher nur Einbildung).*
5. *Sie wusste meinen Namen … ich nicht.*
6. *Schneewittchen war kein bisschen überrascht über meine Schmerzen.*
7. *Überhaupt Schmerzen?!*
8. *Redete mit einer* Schlange.
9. *Ritt alleine los und schickte mich zurück.*
10. *Heute dieser Traum … eine Warnung.*

Ich brauche unbedingt Antworten! Der Bote, vielleicht hatte er etwas herausgefunden.

Aber für einen kurzen Moment brauchte ich Ruhe. Entspannt blieb ich im Wasser, bis die beiden Zofen kamen und mich weckten.

Sie halfen mir beim Haare waschen und schleppen wieder allerlei von Ölen an und cremten mich ein. Nach dieser Prozedur duftete ich wie eine Blumenwiese.

Danach zeigten sie mir zwei Kleider, eines lachsfarben und eines himmelblau. Das lachsfarbene war wunderschön bestickt und hatte einen tiefen Ausschnitt, die Ärmel gingen bis zu den Ellbogen und endeten, genau wie der Rock, verziert mit einer weißen Spitze.

Das himmelblaue war noch schöner, um die Brust war es hellblau und lief in den Ärmeln weiß aus, während der Rock in leichtes Dunkelblau überging. Geradlinig verlief der Ausschnitt über die Brust und die Ärmel hingen über die Schultern, sodass diese frei blieben. Der Rock wiederum fiel in wunderschönen Wellen.

Obwohl beide Kleider wunderschön wären, wusste ich von Anfang an, welches ich nehmen würde, das blaue.

Wie alles passte es perfekt und ich fühlte mich pudelwohl.

„Vielen Dank, es ist perfekt.“ Ich lächelte und die beiden klatschten sich ab.

„Ich werde Hannah suchen. Wisst ihr, wo sie ist?“

„Ich werde Euch zu ihr führen. Aber ich bezweifle, dass sie Zeit hat.“ Clara ging Richtung Tür und wartete dort auf mich.

„Danke.“

Clara blieb vor einer großen Eichentür stehen und sah mich erwartungsvoll an. „Madame arbeitet an wichtigen Aufgaben, es kann sein, dass sie keine Zeit hat. Bevor Ihr hineingeht klopft an und wartet bis sie Euch hineinlässt.“ Mit diesen Worten ließ sie mich stehen und ging.

Ich atmete durch und klopfte.

„Herein.“ Ihre Stimme klang gedämpft durch die Tür.

Ohne zu zögern ging ich hinein. Hannah saß an einem großen Holzschreibtisch und blickte nur kurz auf. Dann hob sie einen Stapel Papier hoch und legte ihn in eine Schublade.

Schneewittchen stand auf und kam zu mir. Diesmal lächelte sie nicht, im Gegenteil, sie war ernst und wirkte gestresst.

„Ich habe leider keine Zeit für dich.“ Sie klang nicht im Geringsten als würde sie es bedauern, vielmehr klang sie als wäre sie im Kopf ganz wo anders. „Ich habe Wichtiges zu erledigen und muss heute noch wo hinreiten … Du musst dich leider selbst beschäftigen.“

Innerlich seufzte ich … also keine Antworten. „Kann ich spazieren gehen?“

Sie blickte mich an als ob sie verneinen würde, doch dann sagte sie. „Natürlich, du kannst tun, was du willst. Aber bitte nimm eine Wache mit.“

Dankbar nickte ich und verschwand aus dem Zimmer. Also gut, ich musste ohne Antworten auskommen bis sie wieder Zeit hatte. Ich sollte spazieren gehen, vielleicht tat mir die frische Luft gut.

Aber zuerst wollte ich Bow besuchen und im Stall würde ich sicher eine Wache, eventuell Kirren, finden, der mich bei meinem Spaziergang begleiten würde.

Also marschierte ich los. Es dauerte, bis ich die Treppe zum Empfangssaal fand. Zuerst war ich in Gänge mit gefühlt hundert Türen geraten und auch einen Gang, der auf einen riesigen Balkon führte, hatte ich gefunden.

Während ich die Treppe hinunter stieg nahm ich mir vor, diesen Balkon später genauer zu erkunden.

Unten angekommen drehte ich mich um und sah direkt in die haselnussbraunen Augen von Jonas. Er sah einfach nur gut aus. Doch ihn auf dem Porträt zu sehen erinnerte mich an meinen Traum. Wie er vor mir gekniet war und ihm Tränen der Dunkelheit über die Wangen liefen.

Schnell wandte ich mich ab und ging in Richtung Reitstall.

Bow stand angebunden an einer Säule und es sah aus als würde er darauf warten gebürstet zu werden, aber niemand war hier, um das zu erledigen. Also griff ich nach einer der Bürsten, die in einem Eimer neben Bow lagen.

Der Hengst schnaubte als ich begann ihn zu bürsten. Nachdem ich fertig war fing ich an, kleine Zöpfe in seine Mähne zu flechten.

„Danke, dass du meine Arbeit erledigst." Kirren kam mit einem Eimer voll Wasser um die Ecke.

„Gern geschehen", erwiderte ich und drehte mich zu ihm um.

Schwungvoll stellte er den Eimer in Bows Box und führte ihn hinein. „Da das erledigt ist, können wir nun spazieren gehen."

Woher wusste er …?

Als er meinen verwirrten Blick bemerkte sagte er: „Hannah hat einen Diener zu mir geschickt. Er sagte, ich solle dich begleiten, egal wohin du gehst."

„Also bist du jetzt mein Leibwächter?"

„Genau. Willst du dann spazieren gehen?"

Eigentlich hatte ich so gut wie keine Lust mit einem Bodyguard, und schon gar nicht mit ihm, auch nur irgendwohin zu gehen. Aber ich sah eine Chance darin, ihn nach Antworten auszuquetschen.

„Klar. Gehen wir."

Gemeinsam gingen wir aus dem Stall und betraten das Freie. Es war herrlich. Die Luft war warm, Schmetterlinge und Bienen summten durch die Gegend. Ich steuerte einen Weg an, der von Blumen und Gräsern umrandet war, und fühlte mich zum ersten Mal seit gestern wieder wohl. Meine Schmerzen waren vergessen.

„Schön hier draußen, findest du nicht?" Ich versuchte mit Smalltalk ein Gespräch zu beginnen, bevor ich ihn mit Fragen überhäufte.

„Sehr schön, aber ich weiß, dass du auf Antworten brennst. Deshalb, wie wäre es, wenn wie das Rumgelabere einfach lassen und ich deine Fragen beantworte."

Wow. Er kann Gedanken lesen. Oder ich war einfach zu durchschaubar.

Aber egal, ich wollte diese Chance nützen.

„Erste Frage: Was weißt du über mich?"

Er seufzte, als hätte er auch diesmal erraten, dass ich genau diese Frage zuerst stellen würde. „Also, egal was ich jetzt sage, Schneewittchen darf nicht wissen, dass du diese Infos von mir hast."

Kirren wartete darauf, dass ich fragen würde warum, aber diese Genugtuung, dass er schon wieder meine Gedanken erraten hatte, gönnte ich ihm nicht. Stattdessen sah ich ihn erwartungsvoll an.

„Okay … Ich weiß selbst nicht viel über dich, aber ich habe mich umgehört. Es wird im ganzen Schloss über dich gesprochen."

„Zwischenfrage: Warum hast du dich umgehört?" Mit hochgezogener Augenbraue musterte ich ihn.

„Aus eigenem Interesse und weil ich wusste, dass du mich irgendwann fragen würdest."

„Kannst du Gedanken lesen?!", lachend bückte ich mich und pflückte eine wunderschöne rote Blume.

„Nein." Auch er lachte. „Aber ich habe eine gute Menschenkenntnis. So, und jetzt lass mich dir erzählen, was ich gehört habe … Gestern Abend war der Bote eingetroffen. Niemand wusste genau, was er herausgefunden hatte, aber es ging das Gerücht um, dass eine uralte Prophezeiung in Erfüllung geht." Er machte eine Spannungspause und musterte meine Reaktion.

„Du weißt, dass ich mich an nichts erinnern kann, oder?"

„Ja, das machte bei deiner Ankunft schon die Runde. Außerdem ging das Gerücht um, dass du die verlorene Tochter von Matrix seist."

Ich, königlich?! Ohne Halt prustete ich los und hielt mir vor Lachen den Bauch. „Ich habe Eltern in der Menschenwelt. Das ist definitiv nur ein Gerücht."

Kirren lachte nicht, doch etwas in seinen Augen sagte, dass er es genauso wenig glaubte.

„Lassen wir diese Frage. Nächste: Woher wusste Hannah meinen Namen?"

„Wieder Gerüchten zufolge hast du ihn immer wieder geschrien und als du im Schloss lagst hast du gemurmelt, dass du Sophie heißt."

Das konnte stimmen, aber ich konnte auch den Namen von jemand anderes gesagt haben. *Argh!! Ich brauche meine Erinnerungen!*

Der Weg, den wir entlang gingen, teilte sich in drei Wege. Einer ging in Richtung einer großen Rosenhecke. Der mittlere Ging geradeaus und der linke Richtung Wald.

„Welchen willst du gehen?"

Ich deutete auf den linken. Vielleicht konnte ich dort eine Antwort auf meine plötzlichen Schmerzen finden. Oder etwas löste eine Erinnerung in mir aus.

Kirren jedoch drückte meine Hand runter und schüttelte den Kopf. „Jeden, nur diesen Weg nicht. Solange wir nicht wissen, woher dein Anfall kam, ist es dir verboten den Wald zu betreten."

Wut flammte in mir auf, niemand konnte mir vorschreiben, wohin ich gehen durfte.

Ich wollte Kirren schon anfauchen, als ich Wind aufkommen spürte. Mitten im Luftholen hielt ich inne und lauschte. Wie ein alter Freund fuhr er in meine Haare und zog meine ganze Aufmerksamkeit auf ihn.

Sanft zog mich der Wind den linken Weg entlang und als sich Kirren mir in den Weg stellte, schob er mich um ihn herum und Richtung Wald. Gefesselt ging ich in Zeitlupe auf ihn zu. Ein sanftes Flüstern rief mich zu sich. „Du weißt es … vertraue niemandem … Rettung naht in deinen Erinnerungen … finde sie."

Ferngesteuert blieb ich direkt am Waldrand stehen. Ich schloss die Augen und befand mich plötzlich in einer Erinnerung.

Eine warme Hand erschien vor mir und ein Junge trat vor mich. Leise pfiff er in die Stille des Waldes. Zuerst passierte rein gar nichts, doch dann wurde etwas sichtbar. Feiner Goldstaub flackerte in der Luft auf. Jonas lächelte mich warm und begeistert an, er griff nach meiner Hand und zog mich in den Wald hinein. So sanft wie ich in diese Erinnerung hineingestoßen wurde, so wurde ich auch wieder herausgeholt. Ich trat noch einen Schritt näher in den Wald hinein und stieß einen leisen Pfiff aus und, genau wie in der Erinnerung, flackerte der Goldstaub leicht auf und zog mich wie ein Magnet an.

Eine warme Hand umschloss meine, doch statt Jonas, der mich in den Wald hineinzog, stellte sich Kirren bei meinem nächsten Schritt in meinen Weg.

Die andere Seite des Goldstaubwaldes! Hier war der Meteorit eingeschlagen, hier hatten Wölfe uns, mich und Jonas, umzingelt. Hierhin hatte mich schon damals eine unsichtbare Stimme gerufen. Ich musste herausfinden, was noch passiert war! Bereit, es herauszufinden, machte ich einen Schritt und prallte gegen etwas Hartes.

Mit einem Schlag wurde ich in die Wirklichkeit zurückgeholt. Kirren stand vor mir und schrie mich an. „Verdammt! Du wirst nicht in diesen Wald gehen!“

Ich riss meine Augen weiter auf und starrte ihn an.

„Ich .!!!“ Voller Panik schrie er mich an, stockte aber als er merkte, dass ich wieder bei mir war.

Immer noch geschockt von dem, was ich gerade gesehen hatte, begann ich zu zittern. Jetzt wich alle Panik der Erleichterung in seinen Augen. So als würde ich mich jeden Moment in Luft auflösen, schloss er die Arme um mich und hielt mich fest.

Doch diese Umarmung dauerte nur kurz, dann erinnerte Kirren sich wieder daran, wer ich war, wer er war und löste sich von mir.

„Verdammt! Was war das?! Du bist wie in Trance auf den Wald zugegangen und hast auf nichts reagiert. Ich habe geschrien, geflucht und mich dir in den Weg gestellt, aber du hast nichts davon mitbekommen.“ Wild fuhr er sich durch die Haare und schnaubte.

„Ich … Ich habe keine Ahnung.“ Ich schüttelte mich.

Plötzlich jedoch kam wieder leichter Wind auf. Mein Blick glitt in die Ferne und versuchte mich in eine Erinnerung zu ziehen.

„Nein, nicht schon wieder!“ Kirren packte mich um die Hüften als er es merkte.

Die Verbindung zu meinen Erinnerungen kappte, der Wind jedoch hörte nicht auf. Im Gegenteil, er wurde zu einem Sturm und das Flüstern zu einem Kreischen. Es war dasselbe Kreischen wie bei dem Ausritt. Es schnitt sich in mein Innerstes und zerriss meine Seele.

Vor Schmerzen krümmte ich mich in Kirrens Armen. Er dachte, dass er an den Schmerzen schuld war und ließ mich los, doch das war ein Fehler. Ich brach unter meinem Gewicht zusammen und fiel zu Boden.

Kirren hob mich behutsam hoch und rannte mit mir im Arm zurück zum Turm. Das Letzte, was ich mitbekam, war, dass die Wachen am Tor standen und Befehle brüllten.

Die kalte Hand, die mein Herz umfasste, holte mich zu sich und ich verlor das Bewusstsein.

22

Ich spürte, wie Slitter meinen Fuß hinaufkroch und sich um meinen Hals schlängelte.

„Zschhhh …", Slitter züngelte mir mit ihrer Zunge ins Ohr, was ein Zeichen dafür war, dass sie meine Aufmerksamkeit brauchte.

Als ich meinen Arm ausstreckte, schlängelte sich die dunkle Schlange um ihn, „Hast du Neuigkeiten?", fragte ich und strich ihr liebevoll über den Kopf.

„Schh … Sssie kommen", zischte Slitter.

„Wo sind sie?"

Die Schlange schlang sich einmal mehr um mein Handgelenk. „Ssie erreichen den Wald in eineinhalb Tagen, zschhhh … Und ssie haben eine neue Begleitung."

„Wen?"

„Nicht wen, wassss. Ein kleiner Fuchsss durchstreift mit ihnen den Wald."

„Matrix gehorchen die Wölfe, Kaitos Beschützer ist eine Löwin und Jonas hat seinen Greif, zu wem also gehört der Fuchs? Oder verfolgt er eigene Ziele?", dachte ich laut. „Finde die Antwort!"

Mit einem Zischen glitt die Schlange zu Boden und verschwand aus dem Fenster. Ich wollte mich schon wieder meinen Plänen widmen, als es an der Tür klopfte.

„Herein."

Clara kam herein und berichtete mir. „Madame, Sophie ist erneut zusammengebrochen, was sollen wir jetzt tun?"

Mit einem Lächeln auf den Lippen stand ich an Sophies Bett und betrachtete sie voller Hass. „Wie es aussieht, kleine Prinzessin, wirst du nie mehr leuchten!"

23

„Wann wird sie wieder aufwachen?"

„Das wissen wir noch nicht."

Dumpfe Stimmen drangen in mein Bewusstsein, doch ich konnte keinen Zusammenhang zwischen ihnen erkennen und ihnen nicht folgen.

„Holt mich, sobald sie die Augen aufschlägt." Eine Tür wurde schwungvoll aufgerissen und Schritte bewegten sich aus der Tür. Dann war es still.

In meinem Kopf pochte es und ich fühlte mich schwach. Helles Licht drang durch meine Augenlider und weckte in mir das Bedürfnis zu wissen, wo ich war. Ich hob eine Hand an meine Augen, sie waren verklebt, ein dicker Film verhinderte, dass ich sie öffnen konnte. Mit meiner zitternden Hand versuchte ich meine Augen zu befreien, als eine warme Hand meinen Arm zurück ins Bett drückte und mir sanft mit einem feuchten Tuch über die Augen wischte.

Ich machte den Mund auf, um mich zu bedanken, doch es kam nur ein Krächzen heraus.

Vorsichtig schlug ich die Augen auf und wurde sofort von strahlendem Licht geblendet. Aber ich zwang mich sie offen zu lassen. Schützend hielt ich eine Hand über sie und versuchte mich aufzurichten.

Mehrere Polster wurden unter meinen Rücken geschoben, bis ich aufrecht saß.

Die Hand, die mir vorhin die Augen abgewischt hatte, gehörte Cindy. Sie saß neben mir am Bett und richtete die Polster.

Wieder wollte ich mich bedanken und etwas sagen, doch statt meiner Stimme drang nur ein Keuchen aus meinem Mund.

Danach musste ich stark husten, meine Kehle kratzte und jeder Atemzug brannte. Generell tat mir jeder Zentimeter an meinem Körper weh und meine Kraft schien vollkommen verschwunden zu sein.

Als ich erneut von einem Hustenanfall durchgeschüttelt wurde, drückte mir Cindy eine dampfende Tasse an meine Lippen.

Hastig nahm ich einen Schluck und bereute ihn augenblicklich. Kochend heißer Tee verbrannte mir die Zunge und ich glaubte, nun jede einzelne meiner Geschmacksknospen getötet zu haben. Ich biss mir auf die Zunge und ließ vor Schmerz die Tasse fallen. Wieder ein Fehler. Die heiße Flüssigkeit goss sich über die Bettdecke und sickerte bis zu meinen Oberschenkeln durch.

Schnell zog Cindy die Decke von mir herunter und verschwand, um mir eine neue zu bringen.

Erst jetzt bemerkte ich, dass noch weitere Personen im Zimmer waren. Kirren und ein weiterer Wache standen links und rechts an der Tür. Ein älterer Mann saß über einen braunen Lederbeutel gebeugt und ein Mädchen, viel jünger als ich, stand mit verschränkten Händen an die Trennwand gelehnt. Sie hatte blondes, fast weißes Haar, das ihr über die Schultern fiel und smaragdgrüne Augen, die mich anstarrten. Ohne den Blick zu senken starrte ich zurück.

Gerade als sie den Mund aufmachte um etwas zu sagen, wurde die Tür aufgerissen und Clara, gefolgt von Schneewittchen, kam herein.

Hannah kam sofort an meine Seite und hockte sich neben mir aufs Bett. „Wie geht es dir?“

„Ihre Stimme lässt noch zu wünschen übrig, aber außer, dass sie sich schwach fühlt, geht es ihr gut." Der alte Mann sah auf und kam ebenfalls ans Bett.

Wie konnte er wissen, wie es mir ging?

Seine schrumpelige Hand legte sich auf meine Stirn. „Fieber hat sie keines mehr."

Hannah nickte dankbar und der Mann setzte sich wieder auf den Stuhl.

„Was gestern passiert ist musst du mir wohl später erzählen." Sie lächelte schwach und drückte meine Hand.

Jetzt kam auch Cindy wieder herein. Sie breitete die frische Decke über mir aus und reichte mir erneut ein Glas, aber diesmal mit kühlem Wasser.

Gierig trank ich gleich mehrere Schlucke und brachte ein leises Flüstern hervor. „Danke."

Cindy nickte und ging hinter die Trennwand. Auch Hannah erhob sich und fragte den alten Mann über meinen Zustand aus. Ich vermutete, dass dieser wohl ein Arzt war und lauschte eine Weile ihrem Gespräch. Dabei erfuhr ich, dass ich länger als drei Tage bewusstlos war.

Dann bemerkte ich, dass Kirren versuchte meinen Blick aufzufangen. Als ich ihn endlich ansah schwangen Sorgen und haufenweise Fragen in seinem Blick mit. Ich zuckte mit den Schultern und sah zur Trennwand. Neugierig darauf, was das Mädchen mit den grünen Augen sagen wollte, blickte ich mich nach ihr um, doch sie war nicht mehr im Zimmer.

Nach einander gingen alle mit dem Vorwand, mir noch etwas Ruhe zu gönnen. Selbst Kirren und die andere Wache verschwanden und postierten sich auf der anderen Seite der Tür. Alle ließen sie mich mit meinen Gedanken alleine, denn von Schlafen war keine Rede.

Ich war viel zu aufgewühlt und hatte zu viele Fragen, die mir auf der Zunge brannten, außerdem musste ich darüber nachdenken, was vor meiner Bewusstlosigkeit passiert war. In meinem Inneren suchte ich nach den Geschehnissen und ging alles erneut durch. Wind hatte mich auf den Wald zu geschoben und leises Flüstern rief mich. Als ich am Waldrand stand, befand ich mich mitten in einer meiner Erinnerung.

Nein! Ich lachte und schüttelte gleichzeitig den Kopf. Es war keine Erinnerung, es konnte keine sein. Es war Jonas, der nicht hineinpasste, ich war ihm noch nie begegnet. Ich wusste, was es war … ein Wunsch, Sehnsucht und eine unwiderstehliche Verlockung. Obwohl es nicht stimmen konnte, machte ich weiter.

Jonas, der eine Hand vor mich hielt und in den Wald hinein pfiff.

Der Goldstaub und das Flüstern, das mich rief, und die warme Hand von Jonas. Ich konnte die Wärme und leichtes Knistern spüren, und dass obwohl es nur Einbildung war.

Dann erinnerte ich mich, wie ich selbst in den Wald pfiff und der Staub aufflackerte.

Das war der Teil, der mich glauben ließ, dass es vielleicht wirklich passiert war. Genau wie in der *Erinnerung* wurde der Goldstaub sichtbar. Also musste es doch derselbe Wald gewesen sein, nur halt am anderen Ende, oder? *Egal … darüber zerbreche ich mir später den Kopf.*

Danach wurde ich von Kirren in die Gegenwart zurückgeholt. Doch das Flüstern und der Wind waren noch nicht vorbei, ich war mir sicher sie wollten mir noch etwas zeigen. Aber Kirren hatte mich gestoppt, als ich mich wieder zum Wald gewandt habe, und mit einem Mal wurde der Wind zu einem Sturm und das Flüstern zu einem schrecklichen Kreischen.

Verzweifelt presste ich mir die Handballen auf die Augen. Ich konnte mir selbst nicht mehr trauen. Wenn ich keinen Unterschied mehr zwischen Einbildung und Wahrheit erkennen konnte, würde ich nie herausfinden, wer ich war.

Aber was wäre, wenn ich Jonas wirklich kannte, wenn ich nicht durch Zufall hier war … Nein, sicher nicht.

Ich hatte ja das Portal, das mich in diese Welt brachte, nur durch Zufall betreten. Doch genau das machte mir Angst. Nachdem ich durch das Portal getreten war, hörten meine Erinnerungen auf. Ich hatte keine Ahnung wie ich hierhergekommen war oder was passiert war.

Ich hatte zwar keine Beweise, aber ich wusste, dass ich schon mehrere Wochen in der Magischen Welt war, bevor ich hier vor dem Tor gefunden wurde.

Was wäre, wenn ich nicht selbst hergekommen war, was wäre, wenn *ETWAS oder JEMAND* mich hergebracht hat?

Ein eiskalter Schauer lief mir über den Rücken als ich das dachte. Bevor ich genauer darüber nachdenken konnte, klopfte es an der Tür.

„Herein."

Kirren steckte den Kopf durch die Tür und sagte: „Schneewittchen und der Bote warten auf dich. Fühlst du dich fit genug?"

Mit einer Hand winkte ich ihn herein und richtete mich im Bett auf. „Klar. Ich werde nur etwas Hilfe brauchen um zu ihr zu gelangen."

Ich kratzte mich am Hinterkopf und sah an mir hinunter. Mein Rüschennachthemd klebte an mir wie eine zweite Haut.

Mein Blick huschte durchs Zimmer und ich entdeckte ein Kleid über einen Sessel gehängt. Kirren folgte meinem Blick und brachte mir das Kleid. Dann drehte er sich um und ich zog mir, so schnell es ging, wenn man in einem Bett saß, das Kleid über. „Schaffst du es alleine zu gehen?", fragte Kirren und drehte sich wieder zu mir um.

„Ich weiß nicht …" Vorsichtig setzte ich meine Füße auf den Boden und verlagerte langsam das Gewicht.

Kirren eilte sofort an meine Seite als er sah, was ich machte.

Ich atmete tief durch und versuchte den ersten Schritt. Die beiden Schritte, die ich machte, stürzte ich viel mehr. Mein Gleichgewicht geriet außer Kontrolle und ich kippte in Kirrens Arme.

Er fing mich problemlos auf und stützte mich. So gingen wir gemeinsam aus dem Zimmer. Kirren stand hinter mir, hielt und dirigierte mich an den Ellbogen.

Auf dem Weg durch die Gänge huschten mehrere Diener an uns vorbei, sie alle senkten den Blick und keiner traute sich mich auch nur kurz anzusehen.

Sobald sie vorbei waren, fragte ich Kirren: „Was ist gestern passiert?"

„Du meinst vor drei Tagen?" Er sah mit einem schiefen Grinsen auf mich herunter.

Gespielt böse sah ich ihn an und wartete auf eine Antwort.

„Als wir bei der *Kreuzung* angekommen waren, bist du plötzlich ohne Vorwarnung darauf zugegangen. Ich habe dich gebeten stehen zu bleiben, aber du hast dich nicht einmal umgedreht. Weil du nicht reagiert hast, als ich dir schrie, stellte ich mich dir in den Weg. Aber du bist einfach um mich herum gegangen, in deinem Gesicht stand ein Lächeln … du hättest einen ganzen Saal damit erhellen können." Kirren wartete darauf, wie ich reagieren würde, aber ich blickte ihn nur an und hoffte, dass er weitererzählte.

„Aber deine Augen … Das Blau darin schien zur Gänze verschwunden zu sein und du wirktest als wärst du an einem ganz anderen Ort … Auf der anderen Seite des Waldes." Er lachte leise und dabei wusste er gar nicht, wie richtig er damit lag.

„Also … Erst als du beim Wald angekommen warst, bist du stehen geblieben. Ich hatte das Reden schon längst aufgegeben und schrie dich an, dass wenn du noch einen Schritt machen würdest, ich dich eigenhändig zurück zum Schloss zerren würde. Aber du hast immer noch nicht reagiert. Stattdessen hast du in den Wald gepfiffen und den Goldstaub darin mit Staunen betrachtet."

Er seufzte und sah mich einen Moment lang einfach nur an. „Danach wolltest du weiter gehen, doch ich hielt dich am Arm zurück und stellte mich dir abermals in den Weg … Plötzlich warst du wieder bei dir. Du hast mich angestarrt als wäre ich ein Geist. Ich habe versucht dich zurück auf den Weg zu zerren, aber du warst schon wieder weg. Irgendetwas hatte dich gerufen … und du bist wie ferngesteuert darauf zugegangen.

Aber in dem Moment, als ich dich aufhalten wollte, hast du zu zittern angefangen und bist zusammengebrochen.

Ohne zu zögern habe ich dich zurück und in dein Zimmer getragen. Angekommen im Schloss hast du das Bewusstsein verloren … Hannah hat sofort einen Arzt gerufen, Cindy und Clara haben mich fortgescheucht und erst nach drei Tagen wurde ich vor deinem Zimmer postiert und dann bist du aufgewacht."

Wir waren vor der Tür zum Speisesaal stehen geblieben. Kirren sah mir tief in die Augen, aber ich musste den Blick abwenden. Er streifte mir mit der Handfläche über meinen Oberarm und zwang mich, ihn wieder anzusehen. „Wirst du mir irgendwann erzählen, was wirklich passiert ist?"

Als ich nickte, wurde die Tür zum Saal aufgestoßen und ein Diener bat mich herein. Kurz bevor ich durch die Tür war drehte ich mich noch einmal um und blickte ihm in die Augen.

Im Speisesaal bog sich der Tisch unter den vielen Gerichten, die herrlich dufteten.

Hannah saß am Tischende und neben ihr ein Mann, den ich nicht kannte. Er hatte blondes, fast weißes Haar und eine dicke Brille im Gesicht. Die vielen Falten in seinem Gesicht deuteten darauf hin, dass er definitiv älter war als Hannah oder ich.

Als ich eintrat waren die beiden in ein Gespräch vertieft und bemerkten mich nicht.

Unschlüssig, was ich tun sollte, räusperte ich mich. Hannahs Blick schreckte hoch und ihre Augen strahlten mich an als sie mich sah. Doch neben dem freundlichen Ausdruck machte sich ein tiefer Schatten in ihren Augen breit. Kurz glaubte ich Eifersucht zu sehen, aber das war absurd, stattdessen sah ich Besorgnis und Angst, die den Schatten nährten.

„Setz dich." Hannah setzte ihr Schneewittchen-Lächeln auf und deutete auf den Platz gegenüber des Mannes.

„Das ist Fabius, mein treuester Bote", sagte sie als ich mich setzte und wies mit einer Handbewegung auf den Mann. „Und das, Fabius, das ist Sophie." Ich nickte freundlich, als er mich musterte.

Eine Dienerschar hüpfte herbei und servierte mir mein Essen, während Hannah zu erzählen begann. „Wie du ja weißt, habe ich einen Boten, also Fabius, ausgeschickt, um herauszufinden, wer du bist und wie du hierhergekommen bist. Aber das lasse ich am besten Fabius selbst erzählen.“ Sie lächelte.

Fabius räusperte sich. „Es war zuerst nicht leicht herauszufinden, wer du bist, aber sobald ich die ersten Hinweise über dich gefunden hatte, ging alles ganz schnell.

Einige Bauern sagten, sie hätten einen Menschen gesehen, der völlig verwirrt über ihre Felder lief oder sie nach dem Weg fragte. Deine Fragen waren immer dieselben: *Wo bin ich hier? Wie komme ich hier wieder raus? Ich brauche Hilfe!*

Anscheinend hattest du keine Ahnung wo du wirklich warst, oder was du tun solltest. Von einer Nymphe habe ich erfahren, dass du sie um Hilfe gebeten hast, dich nach Hause zu bringen, aber niemand konnte dir sagen, wo du ein Portal zurück in deine Welt finden kannst. Jeder konnte dir nur raten, in das nächste Königreich zu gehen und den König zu befragen.

Ein Troll sagte mir, er hätte dich Richtung Eis-Palast laufen sehen, aber dort bist du laut dem König nie aufgetaucht.“ Fabius machte eine Verschnaufpause und schlang ein Stück seines Essens hinunter, bevor er weiterredete.

„Bevor man das Matrix-Königreich betreten kann, muss man den Tenebris-Wald durchqueren. Dieser Wald ist voller magischer Wesen, gefährlich und gut. Es wäre ein Wunder gewesen, wenn du es durch den Wald geschafft hättest.“

Ich glaubte ihm kein Wort. „Aber das erklärt nicht, warum ich hier bin und mich an nichts erinnere“, sagte ich in einem scharfen Ton.

Fabius zog eine Augenbraue hoch und sah mich herablassend an. „Dazu komme ich noch, *Sophie.*“ Wieder schlang er ein Stück seines Essens hinunter und sprach erst weiter als er bemerkte, dass ich mit meiner Gabel ungeduldig über meinen Teller kratzte.

Er reckte sein Kinn und sprach weiter. „Als ich im Wald deiner Spur nachgelaufen war, gelangte ich zu einer Höhle. Die Höhle eines Fumusgreifs. Diese Tiere sind äußerst gefährlich, aber seine Spur kreuzte sich mit deiner. Wenn Fumusgreife auf Jagd gehen, erledigen sie jedes Lebewesen, das ihnen über den

Weg läuft. Ich vermute, genau das ist passiert, du bist vor ihm geflüchtet. Während du um dein Leben gekämpft hast, musst du vom Weg abgekommen sein. Da deine Spur am Waldrand endet, muss der Greif dich erwischt und in die Luft gehoben haben. Was auch immer du dann gemacht hast, um dich zu befreien, du musst im Garten den Schlosses gelandet sein und mit letzter Kraft versucht haben im Schloss um Hilfe zu bitten. Aber bevor du am Tor warst wurdest du bewusstlos."

Diese Geschichte klang definitiv nach einer Lüge. Aber als ich Schneewittchen ansah und merkte, wie sie sich an diese Lösung klammerte, schenkte auch ich ihm Glauben. Obwohl …

„Wahnsinn, was Sie alles herausgefunden haben", sagte ich und sah, wie Fabius seine Fliege zurechtrückte.

Und an Hannah gewandt sagte ich: „Aber was ist mit meinen Schmerzen? Ich meine, soweit ich mich erinnern kann, habe ich keine Krankheiten oder Verletzungen, die so etwas hervorrufen können."

„Du bist ein Mensch, Sophie …" Sie legte ihre Hand auf meine und ihre Stimme wurde zögerlich. „Und das hier ist die Magische Welt … Du gehörst hier nicht her."

„Was ist so schlimm daran, wenn ein Mensch in diese Welt kommt?"

Schneewittchen seufzte, als hätte sie gewusst, dass ich das irgendwann fragen würde. „Vor langer Zeit gab es einen Krieg zwischen den Menschen und der Magischen Welt. Es war der Krieg der Kriege, keine der beiden Seiten hörte auf zu kämpfen und es war kein Ende in Sicht … Erst als die Zerstörung unermesslich wurde. Alle drei Königreiche vereinten sich und beschlossen, die Erinnerung der Menschen an unsere Welt auszulöschen.

Nach diesem Krieg regenerierte sich unsere Welt nur schwer und viele Wunder kehrten nicht mehr zurück, unsere Welt hatte einen Teil ihrer Magie verloren. Daher beschlossen wir, von nun an getrennt von der Menschenwelt zu leben, ohne dass sie wussten, dass es uns überhaupt gab. Wir leben jetzt im Gleichgewicht … stell es dir wie einen perfekt gefüllten Wasserbecher vor und du bist der Tropfen, der den Becher zum Überlaufen bringt. Kurz gesagt, dass du hier bist, hat Folgen, schlimme Folgen. Nicht nur deine Schmerzen, nein, du saugst unser Licht auf. Die Sterne werden nacheinander verschwinden, der Mond ist es bereits und die Sonne … es ist nur noch eine Frage der Zeit, bis das letzte Licht erlischt und unsere Welt untergeht."

Hannah drückte meine Hand, doch sie konnte mich nicht ansehen. Wut flammte in mir auf, sie hätte mir das von Anfang an sagen können. Blitzschnell riss ich meine Hand los und stand auf. Mein Stuhl kippte um und unterstrich meine Wut. „Warum hast du mir nichts gesagt? Ich hätte längst in meiner Welt zurück sein können!!"

Jetzt erst sah sie mich an. „Nein. Es gibt keinen Weg zurück in deine Welt."

Eine dicke Träne rollte über ihre Wange und auch meine Augen begannen zu brennen, aber meine Wut war stärker.

Hannah wollte gerade wieder nach meiner Hand greifen, doch ich hatte mich umgedreht und stürmte aus dem Saal.

Ich riss die Tür auf und lief in den Flur, doch ich wollte nicht in mein Zimmer zurück und schon gar nicht wollte ich mit Cindy und Clara reden.

Darum rannte ich weiter, bis ich den Empfangssaal erreichte. Dort verlangsamte ich meine Schritte und blickte mich um. Ich sah Jonas an, doch ich ertrug seinen Blick nicht. Im Moment kam er mir wie ein Vorwurf vor: *Du zerstörst unsere Welt! Dank dir werden wir alle sterben!!*

Heiße Tränen liefen über meine Wangen und machten es nicht besser. Jonas hatte Recht, ich bin der Grund, warum alle sterben werden. Kirren, Jonas, Hannah, Cindy, Clara und alle anderen unschuldigen magischen Wesen. Ich bin schuld! Wenn ich dem Reh nicht durch das Tor gefolgt wäre, erst gar nicht aus unserem Haus gestürmt wäre, dann wäre ich nicht hier. Und niemand müsste meinetwegen sterben.

Die Tränen hörten nicht mehr auf und die Last auf meinen Schultern wurde schwerer. *Luft! Ich brauche Luft!* Der Raum mit Jonas' Gemälde schien mich zu erdrücken.

Also rannte ich, machte denselben Fehler wie damals, als ich aus dem Haus meiner Eltern stürmte.

Bevor mich die Wachen am Tor aufhalten konnten, öffnete ich es, schlüpfte hindurch und verschwand. Einer der Wachen, Kirren, versuchte mich aufzuhalten und packte mich, doch ich riss mich von ihm los und rannte ohne mich umzudrehen auf den Wald zu.

Luft! Verzweifelt klammerte ich mich an die Hoffnung, vielleicht doch einen Weg zurück in meine Welt zu finden. Ich konnte es schaffen, irgendwie würde ich diese Welt retten.

In meinem Kopf lief eine unendlich lange Schleife aus Hannahs Worten ab … *Es ist nur eine Frage der Zeit, bis das letzte Licht verschwindet und unsere Welt untergeht … nur eine Frage der Zeit …*

Nein! Das wird nicht passieren, das lasse ich nicht zu!

Die Bäume des Goldstaubwaldes ragten vor mir in die Höhe und ihre Schatten griffen nach mir.

Ich hielt inne. Sollte ich wirklich gehen? Über die Schulter sah ich zurück zum Schloss. Vielleicht konnten Hannah und ich eine Lösung finden … Sie hatte mir die Wahrheit nur vorenthalten, weil sie mich vor vorschnellen Entscheidungen schützen wollte. Aber das hatte sie jetzt davon, ich gehe nicht zurück.

Tief luftholend kratzte ich das letzte bisschen Mut zusammen, das ich noch hatte, und rannte in den Wald, diesmal würde ich dem Wind folgen. Wenn ich erst alle Erinnerungen wieder hatte, konnte ich einen Weg zurück finden!

Wo will ich eigentlich hin? Ich verlangsamte meine Schritte, ich hatte keine Ahnung wo ich hin sollte.

Als ich mich im Kreis drehte sah jeder Weg gleich aus, ich hatte mich verlaufen … Obwohl das auch nicht der richtige Ausdruck war, ich wusste ja nicht einmal wohin.

Eine Welle aus Verzweiflung überrollte mich. Ich wollte nicht mehr. In meiner Welt habe ich immer weitergekämpft, habe nie aufgegeben und immer wieder Kraft gefunden. Aber hier war es anders.

Diese Welt zwang mich in die Knie. Ich war wie Gift, das diese Welt langsam von innen heraus zerstörte.

In diesem Moment, als wollte das Magische Reich meine Gedanken bestätigen, ging ein Ruck durch die Erde.

Ich wurde von den Beinen gerissen und landete unsanft auf dem Boden. Gerade als ich mich aufrappeln wollte, ging ein zweiter Ruck durch den Boden. Lautes Krachen war zu hören und das Kreischen von Vögeln erfüllte die Luft.

Es ist noch nicht vorbei! Eine Warnung schrillte durch meinen Kopf, doch es war zu spät. Schon schleuderte mich die nächste Welle von den Füßen.

Schnell sprang ich wieder auf die Beine, aber ich hatte keine Ahnung wo ich mich in Sicherheit bringen sollte.

Auf einmal war es still. Nicht das leiseste Geräusch war zu hören. Es schien, als sei die Welt bereits tot.

Aber diese Stille jagte mir Angst ein, ich fühlte mich beobachtet.

Als ich einen Schritt machte, ertönte ein Rascheln hinter mir.

Ich schnellte herum, doch hinter mir war nichts. Ein Schauer lief mir über den Rücken und mir wurde von Sekunde zu Sekunde unbehaglicher.

Plötzlich hallte ein lauter Knall zwischen den Bäumen. Wie in Zeitlupe drehte ich mich um und sah wie der Stamm einer riesigen Eiche hinter mir zerbrach.

Ich war wie gelähmt. Die Eiche drohte mich unter sich zu begraben, doch ich rührte mich nicht.

Auf einmal sah ich im Augenwinkel, wie eine Gestalt hinter den Bäumen hervorsprang. Sie warf sich auf mich und stieß mich beiseite. Nur wenige Sekunden später krachte der Baum neben uns zu Boden.

Augenblicklich tastete ich meinen Körper ab, um mich zu überzeugen, dass ich noch lebte. Immer noch unter Schock ließ ich meinen Kopf zurücksinken und schloss für einen kurzen Moment die Augen.

Ein Stöhnen neben mir erinnerte mich daran, dass ich nicht alleine war. Sofort sprang ich auf die Beine und ging in Kampfposition.

Die Gestalt, die mich eben gerettet hatte, entpuppte sich als gutaussehender Junge. Sein Gesicht war schmerzverzerrt und seine rot-braunen Haare hingen ihm tief in die Stirn. Auf den Rücken hatte er eine doppelte Axt geschnallt und ein kleiner Dolch blitzte unter seinem Mantel auf.

Obwohl mir eine Stimme in mir zuflüsterte, dass ich vorsichtig sein sollte, kniete ich mich neben ihn.

Vorsichtig strich ich ihm die Haare aus dem Gesicht, in der Hoffnung seine Augen zu sehen, doch er hatte sie fest zusammengekniffen. Seine Arme hatte er fest um den Oberkörper geschlungen und er atmete nur stoßweise. Als ich zögernd versuchte seine Arme anzuheben um nachzusehen, ob er verletzt war, zuckte er zusammen. Doch dann legte er sie neben sich und ließ mich sehen.

Sein Mantel war blutgetränkt und als ich ihn aufknöpfte kam ein riesiger Schnitt zum Vorschein.

Alles in mir schrie danach wegzulaufen, aber die Tatsache, dass er mir das Leben gerettet hatte, hinderte mich daran.

Sachte schob ich den Mantel weiter zur Seite. Ich durchforstete mein Gehirn nach Brauchbarem. *Zuerst die Blutung stoppen!*

Da ich nichts bei mir hatte, was helfen konnte, hob ich meinen Rock und riss kurzerhand einen Stoffstreifen herunter.

Als ich anfing damit das Blut wegzutupfen, stöhnte der Junge vor Schmerz. Die Wunde war zwar nicht tief, aber lang und er verlor zu viel Blut.

„Wickle den Stoff einfach herum, um die Blutung zu stoppen!“, stieß der Junge zwischen zusammengebissenen Zähnen hervor.

Ich nickte und tat wie mir geheißen, danach ließ ich meine Hände sinken und blieb stumm neben ihm sitzen.

Es könnten Stunden vergangen sein, bis der Junge sich endlich aufsetze und mich musterte. Seine Augen waren dunkel und doch erinnerten sie mich an etwas.

„Wo bist du die ganze Zeit gewesen?“, sagte er anklagend und fuhr sich mit der Hand über die Stirn. „Jonas ist krank vor Sorge.“

Ich hatte keinen blassen Schimmer, wovon er sprach, deshalb fragte ich zögernd. „W ... Wer bist du?“

Sein Mund klappte auf, während er mich anstarrte. „Das ist nicht dein Ernst?!“

Ich rutschte etwas von ihm weg und sah ihn prüfend an. „Ich habe keine Ahnung wer du bist.“

„Nein, nein ... Nein! Du versuchst mich reinzulegen.“ Er lachte laut, stockte aber, als sich unsere Blicke trafen.

Ich hatte wirklich keine Ahnung wovon er sprach. „Ich kenne dich nicht. Wer bist du und woher kennst du mich?“

„Du hast wirklich keine Ahnung wer ich bin?“ Mit einem verzweifelten Ausdruck im Gesicht kratzte er sich am Hinterkopf.

Ich schüttelte den Kopf und versuchte ein Lächeln.

„Okay ... ich bin Kaito, Kronprinz von Vultan“, er stand auf und fuhr sich wild durch seine Haare.

„Woher kennst du mich?“, flüsterte ich und stand ebenfalls auf.

„Verdammt! Du kannst dich an nichts erinnern?! Weißt du, wer Marik ist?“

Etwas in meinem Kopf blitzte auf und versuchte mir etwas zu zeigen, doch bevor ich es fassen konnte verblasste der Gedanke.

„Nein ... Keine Ahnung.“

„Okay ... was ist das Letzte, woran du dich erinnerst?“

„Ich weiß noch, als ich von meinen Eltern davongelaufen bin und ich das Reh im Portal verschwinden gesehen habe, aber als ich selbst das Portal betreten habe hören meine Erinnerungen auf.“ Irgendwie vertraute ich ihm nicht, ich wusste ja nicht, ob er die Wahrheit sprach. *Ich werde ihm einfach nicht die ganze Wahrheit erzählen.*

„Und wo warst du die ganze Zeit?“

„Ich bin in einer Zelle im Turm aufgewacht ...“

Mit scharfem Ton schnitt er mir das Wort ab. In seinen Augen glänzte Wut, Wut, die jedoch nicht an mich gerichtet war. „In welchem Turm warst du? Wem gehört dieser Turm?“

Ich zog skeptisch eine Augenbraue hoch und musterte ihn. Von einem Moment auf den anderen ist seine Stimmung gekentert. „Hannahs Schloss, der Cousine des Eis-Königreichs.“

Feuer flammte in seinen Augen auf und seine Gesichtszüge wurden hart.

Bevor er jedoch den Mund wieder aufmachen konnte sagte ich. „Genug von deinen Fragen, jetzt bin ich dran."

Wie ein Raubtier begann ich den Prinzen zu umrunden. „Woher kennst du mich?"

Seufzend setzte er sich und erzählte. „Marik, Jonas und du, ihr seid in der Schlucht von Rauchkatzen angegriffen worden. Ich habe euch gesucht und als ich euch entdeckte bin ich euch zu Hilfe geeilt. Zusammen sind wir dann weitergereist."

„Was wollten wir … Haben wir etwas gesucht?"

„Wir waren auf dem Weg zum Schwarzen See und ja, wir haben etwas gesucht, eine Lösung, um diese Welt zu retten."

Diese Welt zu retten … es muss also einen Weg zurück geben.

„Stimmt es, dass ich schuld daran bin, dass diese Welt untergehen wird?"

Kai verschränkte die Arme und die Flammen in seinen Augen kehrten zurück. „Wer hat dir das erzählt?! … Wenn Jonas das erfährt, reißt er ihr eigenhändig den Kopf ab!"

„Wenn wir denselben Jonas meinen, dann bezweifle ich, dass er seiner Verlobten den Hals umdreht."

Ich sah ihn ernst an, doch er fing einfach an zu lachen.

Kai hielt sich den Bauch vor Schmerzen, doch sein Lachanfall hörte nicht auf. „Jonas und Hannah … Verlobt? … Du machst Witze. Dass er Hannahs Verlobter ist, stimmt genau so wenig wie der Fakt, dass du unserer Welt schadest."

„Woher weiß ich, dass du mich nicht anlügst? Was, wenn Schneewittchens Geschichte stimmt und du nur jemand bist, der mich aus der Welt schaffen will?"

„Weil du kein Mensch bist." Er hatte sich wieder beruhigt und wickelte seinen Verband fester um seine Brust.

„Ach ja?! Und was bin ich sonst?" Er redete einfach nur Schwachsinn, was sollte ich denn sonst sein? Ein *Elf*? Ha!

„Na, was wohl? Ein Troll …" Kai lachte über seinen Witz bis er merkte, dass ich es überhaupt nicht lustig fand. „Ein magisches Wesen, ein Elf, genauso wie ich."

„Ein Elf, wie genau stellst du dir das vor? Meine Eltern in der Menschenwelt, Elfen?" Jetzt war ich es, die lachte. Er konnte mir doch nicht einfach das Leben retten und dann versuchen mir so einen Blödsinn einzureden.

„Nein …" Mit einem Mal war er wieder ernst. „Nicht die Personen, die die dich in deiner Welt aufgezogen haben … Deine leiblichen Eltern."

„Und wer bitte soll das sein?"

„König Ambrose und Königin Anastasia von Matrix." Er sagte das mit einer Überzeugung in der Stimme, dass ich mich zusammenreißen musste, um nicht wieder loszulachen.

„Ich und eine Prinzessin? Nur im Märchen."

„Du hast es in diesem Moment bestätigt. Im Märchen. Alle Märchen haben ihren Ursprung in dieser Welt." Als hätte er unsere Diskussion bereits gewonnen, grinste er mich an.

Da hatte er sich geschnitten und ich hatte zu viel Stolz.

„Nehmen wir an, meine Eltern wären wirklich König und Königin von Matrix, warum sind sie dann nicht längst mit einer Armee hier anmarschiert, um ihre Tochter zurückzuholen?"

Der Prinz rang seine Hände und sagte: „Kannst du mir nicht einfach glauben?"

Kopfschütteln meinerseits.

„Weil die Königreiche längst aufgegeben haben, dich zu finden. Außerdem wollte Marik dir zuerst klar machen, wer du bist."

„Wer ist Marik?"

„Dein Bruder."

„Du weißt schon, dass ich dir das nicht glaube."

Kai stand wieder auf und machte einen großen Schritt auf mich zu. „Was machst du eigentlich hier draußen?"

Soll ich ihm die Wahrheit erzählen? Alles in mir schrie, dass ich verschwinden sollte, dass nicht mehr viel Zeit blieb um diese Welt zu retten.

„Das spielt keine Rolle. Ich werde jetzt gehen und von einer Klippe springen." Eigentlich sollte es ein Witz sein, doch was, wenn das wirklich die einzige Möglichkeit war um diese Welt zu retten?

„Nein!“ Er streckte seinen Arm aus und hinderte mich am Weitergehen. „Du kommst mit mir. Jonas entscheidet, wie es weiter geht und vielleicht schafft Marik es, deine Erinnerungen zurückzuholen.“

Der Prinz packte mich um die Taille und in dem Moment, als er mich hochheben wollte, sprang ich zurück und fuhr ihn an. „Ich komme mit niemandem mit!“

„Aber du gehst auch nicht zurück zu dieser Irren!“

„Dieser Irren habe ich mein Leben zu verdanken!“, donnerte ich und wollte mich schon umdrehen, als ich Schritte hörte.

Kai holte Luft und wollte wieder protestieren, doch ich presste ihm meinen Finger auf die Lippen und zog ihn auf die Knie.

„Hannahs Soldaten“, flüsterte ich.

Er nicke und spähte durch das Gebüsch. „Warum versteckst du dich vor ihnen? Du könntest mich ihnen doch ausliefern.“

„Ich bin gerade aus dem Schloss ausgerissen, da werde ich wohl nicht gefunden werden wollen.“ Mein Flüstern kam mir in dieser Stille viel zu laut vor und doch konnte ich es mir nicht verkneifen. „Und warum versteckst du dich?“

Kai drückte sich noch tiefer auf den Boden. „Sie hasst mich.“

„Du weißt schon, dass du mir immer mehr Gründe gibst, dir ebenfalls nicht zu vertrauen.“

„Das ist doch besser als Small-Talk, oder?“

Krampfhaft verkniff ich mir ein Kichern, er nahm diese Situation nicht ernst.

„Verschwinde, bevor sie dich finden! Sie suchen nur nach *mir*!“, flüsterte ich und schob ihn vorsichtig von mir weg.

„Nicht ohne dich!“

„Nein! Ich habe immer noch keine Ahnung, ob ich dir vertrauen kann, oder ob du mich im nächsten Moment, wenn ich nicht aufpasse, zur Strecke bringst.“

„Hätte ich dir das Leben gerettet, wenn ich das vorgehabt hätte?“

„Verschwinde jetzt!“ Ich ging in die Hocke und wollte aufstehen, als er mich am Arm packte.

„Du darfst ihr nicht vertrauen! Sie ist schuld an deinen verlorenen Erinnerungen."

Die Schritte der Soldaten kamen immer näher, es blieben nur noch wenige Sekunden, bis sie uns erreichten.

„Hau ab! Ich komme nicht mit dir mit."

„Bist du stur! Wie kann Jonas dich nur lieben?!"

Kai war schon auf den Beinen, als die Wachen anfingen sich durch das Dickicht zu kämpfen.

„Vertraue ihr nicht! Erinnere dich!!" Mit diesen Worten verschwand er.

Ich schüttelte den Kopf, während ich seinem Schatten nachsah.

Vertraue ihr nicht!

Plötzlich umschlossen mich Arme von hinten und zogen mich zurück. Ich schoss herum und holte mit der Hand aus. *Kirren!* Langsam nahm ich sie wieder herunter.

„Sophie!" Er sah unglaublich erleichtert aus. „Wir haben den ganzen Wald nach dir abgesucht!"

„Schon gut, gehen wir zurück." Ich sah noch einmal in die Richtung, in die Kai verschwunden war.

Verwirrt blickte Kirren ebenfalls tiefer in den Wald hinein.

„Warum bist du nicht gleich zurückgekommen?"

Gute Frage. Wenn ich ihm erzählen würde, was wirklich passiert war, würde er nur noch mehr Fragen stellen und auf das hatte ich definitiv keine Lust. Ich hatte genug Stoff zum Nachdenken.

„Bring mich einfach in mein Zimmer, bitte."

Für einen Moment sah er mich betroffen an, doch dann nickte er und geleitete mich zurück zum Schloss.

Bis wir die Tür zu meinem Zimmer erreichten sagte er kein Wort mehr, erst als ich kurz davor war, die Tür hinter mir zu schließen, stellte er ein Bein in den Türrahmen.

„Brauchst du jemanden zum Reden?"

Ich schüttelte nur stumm den Kopf und blickte zu Boden. Am liebsten wäre ich jetzt zuhause. In meinem richtigen Zuhause, bei meiner Mutter. Ob mein Vater noch bei ihr war, wusste ich nicht, doch ich hatte schreckliches Heimweh.

„Soll ich Hannah rufen?" Kirren wollte einfach nicht gehen, doch besser machte er es nicht.

„Nein." Ich erschrak darüber, wie hart mein Ton war, Kirren hatte nichts getan. Doch er hätte mir wie Hannah viel früher sagen können, dass diese Welt unterging.

Kurzerhand schlug ich ihm die Tür vor der Nase zu.

Jetzt war es vorbei mit meiner Selbstbeherrschung. Meine Augen brannten und ich versuchte nicht einmal die Tränen zurückzuhalten.

Schluchzend sank ich mit dem Rücken gegen die Tür. Ich hasste mich für meine Tränen. Ich hasste mich für meine Fehler und für meinen Leichtsinn. Und doch war ich zu schwach um dagegen anzukämpfen.

Bisher war ich nie alleine gewesen, immer waren meine Mutter oder mein Vater da. Wenn ich jemanden brauchte, der mir zuhörte, mich tröstete oder einfach nur für mich da war. Jetzt hatte ich niemanden, war alleine in einer Welt, in der ich nicht wusste, wer ich war.

„Sie ist jetzt alt genug", sagte mein Vater zu meiner Mutter, als er genüsslich seinen Kaffee trank.

„Alt genug wofür?" Kurz sah sie von ihrer Zeitung auf und lächelte mich an.

Ich lächelte nicht zurück, denn dafür war mein Mund mit viel zu viel Müsli gefüllt.

„Naja, du weißt schon."

Schnell schluckte ich hinunter und fragte an der Stelle meine Mutter: „Wofür bin ich jetzt alt genug?"

„Nichts, mein Schatz, dein Vater meint jemand ganz anderen."

Ich sah es nicht genau, doch ich war mir sicher, dass meine Mutter Thomas, meinem Vater, einen scharfen Blick zugeworfen hatte.

„Und wen meinst du dann?", hakte ich nach.

Doch mein Vater ignorierte mich und richtete sich an Claudia, meine Mutter. „Warum nicht?"

„Weil ich es nicht möchte!", donnerte meine Mutter.

Thomas setzte schwungvoll seine Tasse ab, sodass der Kaffee überschwappte. „Aber sie hat das Recht darauf!"

Meine Mutter schnaubte und sagte an mich gerichtet. „Sophie, würdest du bitte auf dein Zimmer gehen?"

Auf mein Zimmer gehen?! Das letzte Mal als sie das gesagt hat war, als ich fünf war und mit meinem Ball ein Wohnzimmerfenster eingeschlagen hatte. „Warum?! Mom, ich bin vierzehn!"

Sie sah mich streng an und deutete in Richtung Treppenaufgang. „Geh!"

Ich knallte meinen Löffel in die halb volle Schüssel und stampfte hinaus. Doch ich hatte nicht vor, mir das einfach gefallen zu lassen.

Geräuschvoll ging ich die Treppe zu meinem Zimmer hinauf und öffnete meine Tür. Ohne Hineinzugehen schlug ich sie wieder zu. Dann wartete ich einen Moment und zog meine Socken aus. Leise ging ich die Treppen wieder hinunter und legte mein Ohr an die Türe, um zu lauschen.

„Sie ist bereit dazu", hörte ich meinen Vater beschwichtigend sagen.

„Ach ja?! Weißt du noch, wie wir ihr nach der Schule gestehen mussten, dass ihr Hamster gestorben war? Sie ist ausgeflippt und eine Nacht ins Baumhaus gezogen!", fauchte meine Mutter und durchquerte den Raum.

Vaters Schritte verrieten mir, dass er meiner Mutter folgte. „Da war sie sieben Jahre alt. Und außerdem hat sie diesen Hamster geliebt."

Unsere Couch knarzte und ich vermutete, dass sich Claudia darauf fallen gelassen hatte. „Glaubst du etwa, dass sie uns nicht liebt?"

Sind sie etwa tot? Ich hatte keinen blassen Schimmer, worüber sie überhaupt diskutierten, aber bei einem war ich mir sicher … ich war das Thema.

„Natürlich liebt sie uns, genau wie wir es tun. Aber sie muss es wissen, es wäre ihr gegenüber nicht gerecht."

„Willst du, dass sie diesmal eine Woche ins Baumhaus zieht?", fuhr Mutter ihn an.

„Sie ist vierzehn und für ihr Alter schon viel zu vernünftig. Sophie wird es verstehen." Thomas gab einfach nicht auf, was sehr selten geschah. Er und Claudia stritten sich so gut wie nie und wenn, dann war es immer mein Vater, der kapitulierte. Er liebte sie einfach zu sehr und wollte nicht riskieren, dass sie sauer auf ihn war.

Aber heute war es anders, für ihn war es anscheinend zu wichtig.

„Ja, diese Vernunft hat sich definitiv nicht von dir auf sie übertragen. Denn wenn es so wäre, würdest du nicht versuchen mich davon zu überzeugen!"

Ich hatte meine Mutter im Leben noch nie so wütend mit meinem Vater sprechen hören.

„Ach, hör doch auf! Du weißt, dass es nur richtig ist, wenn wir es ihr sagen! Warum bist du so dagegen?!", knurrte mein Vater.

„Warum?! Warum? Das hat einen einfachen Grund, du hast mir versprochen, dass wir es ihr nie sagen müssen!!"

Was mir nicht sagen?

„Ja, aber …"

„Nichts aber! Wir sagen ihr nichts!" Meine Mutter hatte den letzten Satz geschrien und war durch das ganze Wohnzimmer getrampelt.

„Na gut, mir egal! Es ist sowieso deine Entscheidung, sie war deine Entscheidung! Aber ohne mich, ich werde dir nicht helfen sie anzulügen!"

„Du gehst? Wirklich?!", schrie Claudia wieder.

„Ja!! Und ich komme erst wieder, wenn du es ihr gesagt hast!"

Nein!

Noch bevor ich verschwinden konnte wurde die Tür aufgerissen und mein Vater stand mir gegenüber. Als er mich erblickte erschrak er und stammelte etwas, was ich nicht verstand.

„Du gehst?", flüsterte ich.

Und schon kamen mir die Tränen, ich konnte mir einfach nicht erklären, warum sie sich stritten.

„H … Hast du etwa … hast du gehört, was wir gesagt haben?", stotterte er, dabei war sichtbar, dass er mit der Situation überfordert war.

Meine Mutter trat hinter ihn und ihre Reaktion war nicht anders. „Sophie …"

Doch ich schüttelte nur stumm den Kopf. Wie ferngesteuert drehte ich mich um und lief. Riss die Tür auf und lief.

Lauf! Mein erster Gedanke …

Meine Eltern hatten sich gestritten, weil sie mir etwas nicht sagen wollten. Was nur?

Ich wischte mit meinem Handrücken die Tränen von der Wange, rappelte mich auf und ging zu meinem Bett hinüber. Seufzend ließ ich mich darauf fallen und starrte an die Decke.

Was wollte mir mein Vater unbedingt sagen, wogegen meine Mutter war?

Plötzlich fielen mir die Worte von Kai wieder ein. *Deine leiblichen Eltern … König Ambrose und Königin Anastasia von Matrix.*

Nein!, befahl ich mir selbst. *Ich werde Kai nicht glauben!*

Er wusste nicht, wer ich war und hatte keine Ahnung was mir passiert war. Alleine der Fakt, dass Jonas und Hannah nicht verlobt waren, bestätigt, dass er log.

… Oder hatte er Recht? Jonas sah auf jedem Bild mit Hannah finster drein, vielleicht …

„Du denkst viel zu laut."

24

Ich fuhr hoch und sprang in Alarmbereitschaft aus dem Bett.

Das Mädchen mit den smaragdgrünen Augen stand genau wie an dem Tag, als ich aufgewacht war, an die Trennwand in meinem Zimmer gelehnt.

„W … wie heißt du?“, fragte ich leise.

„Liz, doch die eigentliche Frage ist, wer du bist“, sagte sie im selben Tonfall wie ich sie gefragt habe.

„Ich bin Sophie.“ Langsam nahm ich meine Arme herunter.

Liz rollte mit den Augen und sagte: „So würdest du wenn schon heißen, doch das ist nicht dein wahrer Name. Außerdem habe ich nicht gefragt, wie du heißt, sondern *wer* du bist.“

„Ich bin ein Mensch.“ Ich setzte mich wieder auf mein Bett, doch ich ließ das Mädchen keinen Augenblick aus den Augen. „Was meintest du damit, dass ich zu laut denke?“

„Na, das, was ich gesagt habe. Doch du denkst nicht nur laut, du denkst auch total verwirrend.“ Liz richtete sich auf und kam zum Bett. „Und nein, du bist kein Mensch.“

Da mir ihre Nähe unangenehm war, rückte ich ein Stück zurück, bevor ich antwortete. „Wenn du dir sowieso sicher bist, dass du Recht hast, warum fragst du dann?“

„Du bist wirklich strohdumm!“ Sie setzte sich ans Bettende und ließ sich zurückfallen. „Wenn ich du wäre, würde ich nicht fragen, warum ich was frage, sondern ich würde fragen, was ich überhaupt hier mache.“

Dieses Mädchen war vielleicht acht und war anscheinend völlig verrückt.

Aber sie hatte Recht, meine Fragen waren wirklich komisch.

„Natürlich habe ich Recht und ja, nein, ich bin zehn.“ Sie setzte sich im Bett wieder auf und sah mich durchdringend an. „Bevor du fragst, ja, ich kann dich denken hören.“

„Okay … Warum bist du hier?“

„Was glaubst du?“

Na toll, sie kann meine Gedanken lesen, das heißt dann wahrscheinlich auch, sie schlägt mir Fragen vor und dann beantwortet sie mir ihre Fragen nicht!

„Ich darf deine Fragen nicht direkt beantworten, weil ich sonst Teile meiner Magie verliere.“

„Alles klar, dann werde ich raten.“

Es war verdammt schwierig, keine weiteren Fragen zu stellen. Mir brannten noch einige auf der Zunge, doch ich musste mich zurückhalten.

„Willst du mir helfen?“

„Formuliere es als Feststellung.“ Liz legte sich wieder hin, drehte sich auf den Bauch und stützte ihren Kopf in die Hände.

„Du willst mir helfen.“

„Genau.“

Wenn sie so da lag, wirkte es als wäre alles nur ein Spiel für sie und sie hätte nichts zu befürchten.

„Warum willst du mir helfen?“

„Das war eine Frage.“

Ich seufzte verhalten und wiederholte mich. „Du willst mir helfen nach Hause zu kommen.“

„Weißt du was? Lass mich dir meine Absichten erzählen, das geht vielleicht schneller.“

„Klar.“ Ich war mit dieser Situation definitiv überfordert.

Will sie mir wirklich helfen? Verfolgt sie ihre eigenen Ziele?

„Okay. Aber versprich mir, dabei nicht zu denken, du bist viel zu laut." Liz machte es sich wie ein Kleinkind gemütlich und begann zu erzählen. „Ich bin hier, weil du Hilfe brauchst."

Ich brauche Hilfe? Das ist was Neues … nein, eigentlich nicht.

„Nicht denken. Okay, diese Welt stirbt und es wird nicht mehr lange dauern, bis sie ganz zusammenbricht."

Sie nahm meine Hände und legte sie mit den Handrücken auf die Decke. Dann machte sie etwas Unerwartetes.

Das Mädchen machte eine kleine Bewegung über meiner linken Hand und murmelte etwas. „Aperta te …"

Anschließend machte sie einen Bogen und vollführte dieselbe Bewegung über meiner rechten Hand.

Wie hypnotisiert beobachtete ich sie und folgte jeder ihrer Bewegungen. „Ostende mihi …"

Dann passierte es.

Mir ihrer Hand strich sie über meine Handfläche, drückte ihre Finger zusammen und hob sie langsam an und … zog blaue Fäden aus meiner Hand.

Blaue Fäden aus meiner Hand!

Mein Mund klappte auf und ich musste mich zusammenreißen, um meine Hände nicht zurückzuziehen.

Liz sog die Fäden von der einen Hand zur anderen und verband meine Hände damit.

Das Band, das zwischen meinen Händen leuchtete, bestand zur Gänze aus Licht.

Ein Wissenschaftler wäre bei dem Anblick verrückt geworden, aber obwohl ich keiner war, war ich kurz davor.

Es war Wahnsinn!

Liz war plötzlich nicht mehr das Mädchen, das noch vor wenigen Sekunden verspielt auf meinem Bett gelegen hatte. Nein, sie war in einer anderen Welt, in einer anderen Zeit.

Sie strich mit ihrer Hand durch das Licht und es verformte sich schlagartig. Figuren aus blauem Licht liefen über die Decke. Leise konnte ich ihre Stimmen vernehmen.

Ein Junge aus Licht flüsterte: „Wenn du die Wahrheit wissen willst, musst du mir vertrauen, Schwesterherz."

Eine weitere Bewegung von Liz und der Junge löste sich auf und ein anderer wurde sichtbar. *Kai?*

„Eure Majestät Prinzessin Luna, ich bin Kronprinz Kaito von Vultan."

Auf einmal wurde die Tür aufgerissen und Hannah stürzte herein.

Augenblicklich zog Liz ihre Hände zurück und das blaue Licht verschwand. Sie richtete sich auf und sah Schneewittchen ausdruckslos an.

„Sophie! Du bist wieder da!", keuchte sie. Schnell fuhr sie sich durch ihre zerzausten Haare und stellte sich gerade hin. „Liz, du bist hier?" Hannahs Stimme war beinahe tonlos und ohne jegliche Emotion. „Geh. Lass uns alleine, wir sehen uns später!"

Wortlos stand sie vom Bett auf und ging zur Türe.

Kurz bevor sie zufiel blickte sie mich an und formte Worte mit ihren Lippen. Danach drückte Liz ihren Finger an den Mund und ging. Auch ohne es zu hören wusste ich, was sie gesagt hatte: *Erinnere dich!*

Ungestüm umarmte mich Hannah. „Ich habe mir solche Sorgen gemacht! Mach das nie wieder!"

Sie lehnte sich zurück und musterte mich. Schneewittchen schlug sich die Hand vor den Mund und deutete auf mein Kleid.

Als ich an mir heruntersah erblickte ich den Zustand meines Kleides. Statt dem Saum hingen mehrere Fäden lose herunter und an mehreren Stellen war es eingerissen. Doch Hannah sah gar nicht auf die Stelle, an der der Saum hätte sein sollen, sie sah auf meine Hüfte.

Ich sah ihrem Blick nach und erstarrte als ich sah was sie sah. Ein riesiger roter Fleck bedeckte den Stoff. Es dauerte einen kurzen Moment bis ich realisierte, dass das gar nicht mein Blut war.

Kai!, schoss es mir durch den Kopf.

„Sophie! Du hast dir wehgetan! Warte, ich werde sofort den Arzt rufen."

Sie wollte schon aufspringen, als ich sie am Arm zurückhielt. „Warte! Es ist nur ein Kratzer und auch nicht tief."

„Soll ich wirklich keinen Arzt holen?"

„Nein, schon gut." Ich zog sie zurück aufs Bett und fuhr ihr mit dem Arm über die Schulter.

Sie atmete ein paar Mal tief durch und sagte: „Was hatte Liz bei dir zu suchen?"

„Keine Ahnung", erwiderte ich und dachte an ihren Finger, den sie fest an ihre Lippen gedrückt hatte. „Sie war schon in meinem Zimmer als ich hereinkam."

„Hat sie etwas zu dir gesagt?"

Warum will sie das wissen?

„Nichts, woraus ich einen Zusammenhang ziehen konnte." Ich zuckte unschuldig mit den Schultern. „Warum denn?"

Schneewittchen tat meine Frage mit einer Handbewegung ab und antwortete: „Sie ist ein Olim. Liz sagt kaum etwas mit Zusammenhang und wenn, dann ist es nur verwirrendes Zeug."

„Was ist ein Olim?"

Hannah zog sich die Decke heran und erklärte: „Olim bedeutet übersetzt *War einmal*. Ihre Gabe ist es, Vergangenes über Leute zu sehen. So wie Seher, nur dass diese die Zukunft sehen.

Liz ist als kleines Kind zu mir gekommen, sie hat ihre Eltern verloren. Ich habe sie aufgenommen, als mir ihre Fähigkeiten aufgefallen sind. Sie hat außer dem *Sehen* noch eine weitere Gabe, sie kann Gedanken lesen." Sie seufzte. „Tja, obwohl sie oft launisch ist, habe ich sie ins Herz geschlossen."

Dann war es still zwischen uns. Beide starrten wir auf unsere Hände und machten keinen Mucks.

Langsam wurde diese Stille erdrückend und ich überwand mich etwas zu sagen. „Es tut mir leid."

Hannah hob den Kopf und sah mich an. „Du hast nichts falsch gemacht, ich hätte es dir früher sagen sollen."

„Trotzdem. Ich hätte nicht überreagieren sollen."

Schneewittchen lachte leise und schon hatte ich ihr vergeben.

„Kann ich nicht irgendwie zurück? Ich meine, in meine Welt?", fragte ich und sah sie hoffnungsvoll an.

Hannah legte mir eine Hand auf die Schulter und schüttelte den Kopf. „Nein."

„Aber wenn ich herkommen konnte, muss es doch einen Weg zurück geben!“

„Nein. Das Opfer dafür ist zu hoch.“

„Was …?“ Doch noch bevor ich die Frage stellen konnte, schüttelte sie den Kopf.

Damit wurde es wieder still, doch diesmal war es als würde mich die Stille erdrücken.

Also wollte ich das Thema wechseln. „Wann kommt Jonas eigentlich zurück? Ich würde ihn gerne kennenlernen.“

Ich lächelte sie an, doch als ich sie ansah bemerkte ich ihren verzwickten Gesichtsausdruck. Sofort aber hatte sie sich gefangen und lächelte zurück. „Leider noch nicht so bald. Er ist in Litrium Angelegenheiten klären. Wie du weißt, werden wir ja schon bald heiraten und da er Kronprinz ist, werde ich seine Königin. Dass ich jedoch aus dem Eis-Königreich komme, verursacht ein paar Komplikationen, aber ich bin sicher, er ist in wenigen Wochen zurück und ich bin sicher, er ist gespannt dich kennenzulernen.“

Ist er nicht auf der Jagd? Laut allem, was ich wusste, war Jonas derzeit an drei verschiedenen Orten.

Ich biss mir auf die Zunge, um es nicht laut auszusprechen.

Vielleicht ist er nach der Jagd nach Litrium gezogen. Doch selbst in meinen Ohren klang das falsch.

Hannah hatte mich angelogen.

Wieder war es still zwischen uns und ich war froh, dass Hannah nicht wie Liz war, froh, dass sie keine Gedanken lesen konnte.

„Bin ich wirklich verantwortlich dafür, dass diese Welt stirbt?“

Schneewittchen seufzte und erwiderte: „Ja. Du bringst das Gleichgewicht in unserer Welt ins Wanken.“

„Ich will in den Wald zurück, es muss doch eine Lösung geben.“ *Es muss einfach.* Wie sagt man in unserer Welt so schön? Die Hoffnung stirbt zuletzt.

„Nein“, sagte sie mit einer schneidend scharfen Stimme. „Du würdest keine fünf Minuten überleben. Der Wald ist zu gefährlich und die Nachricht, dass du in unserer Welt bist, hat sich bereits in allen Königreichen verbreitet. Überall lauern Leute oder andere Wesen mit dem Auftrag dich zu töten und unsere Welt zu retten.“

Mich zu töten ... Also muss ich sterben, damit die Magische Welt weiter bestehen kann.

„Und wenn ich gehen will? Du kannst mich nicht einsperren.“ Ich unterstrich es mit einem Lächeln, um zu verbergen wie ernst ich es meinte.

„Ich werde dich nicht gehen lassen“, gab sie mir zur Antwort ... ohne Lächeln.

„Es ist meine Pflicht zu gehen! Ich werde nicht zusehen, wie diese Welt stirbt!“ Ich stand auf und ging in Richtung Tür.

„Du wirst nicht gehen!“, donnerte Hannah.

Doch ich erreichte bereits die Tür und griff nach der Klinke.

„So dankst du mir, dass ich dich wie eine Schwester aufgenommen habe?!“ Ihre Stimme klang nicht mehr wie sonst. Sie war kalt und hart.

„Hannah, ich kann nicht bleiben!“ Ich drückte die Tür auf und wollte hinaus gehen, doch vor der Tür standen Kirren und eine weitere Wache, der mir den Weg versperrte.

„Lass mich vorbei“, sagte ich und war erstaunt über die Ruhe in meiner Stimme.

„Nein“, sagte Hannah, die ebenfalls aufgestanden war. „Du wirst bleiben.“

Ich schüttelte stumm den Kopf und drehte mich um.

Hannah war nun nicht mehr Schneewittchen, sondern vielmehr ihre schöne, aber dunkle Stiefmutter. Sie wirkte kühl und voller Autorität. Und so kühl wie sie wirkte wurde es auch im Raum.

Langsam wich ich zurück. „Verstehst du denn nicht? Ich muss gehen! Ich könnte nicht damit leben, ein ganzes Reich ins Verderben gestürzt zu haben.“

„Oh doch, du wirst es müssen.“

Von hinten umschlossen mich zwei Arme und hielten mich fest. „Lass mich los!“

Verzweifelt strampelte ich mit den Beinen und versuchte mich loszumachen.

Kirren hob mich hoch und trug mich wieder ins Zimmer hinein.

Verzweifelt stieß ich die Luft aus. Widerstand war zwecklos, Kirren war einfach zu stark.

Hannah umrundete uns und sagte mit ihrer Stimme aus Eis: „Wenn du dich beruhigt hast, können wir darüber reden. Doch jetzt ist nicht der richtige Zeitpunkt dafür."

Damit verschwand sie aus der Tür.

Kirren ließ mich runter, versperrte mir aber weiterhin den Weg aus der Tür. „Was soll das?", fuhr ich ihn an und wollte an ihm vorbei gehen.

„Es tut mir leid", sagte er, als er mich zurückhielt.

Ich konnte ihn nur anstarren, als er an mir vorüber ging und an der Türe stehen blieb. „Ich hoffe, du kannst mir verzeihen." Er schloss die Tür, doch er ging nicht weg, er schloss sie ab.

„Nein!!" Ich stürzte gegen die Tür und rüttelte verzweifelt daran, doch sie rührte sich keinen Millimeter.

Schluchzend sank ich gegen sie und zu Boden. „Nein!!", flüsterte ich abermals. *Wir werden alle sterben, wenn nicht ich es tue.*

Zitternd und schluchzend stand ich auf und ging zum Bett. Warum wurde Hannah so kalt als ich sagte, ich würde gehen? Ich glaubte einfach nicht, dass es daran lag, dass sie mich beschützen wollte. Hier ging es um etwas viel Größeres, etwas, dass ich wusste, aber vergessen hatte. Kai hatte gesagt, wir hätten nach einer Lösung gesucht um die Welt zu retten. Warum konnte nicht auch Hannah daran glauben?

Doch konnte ich darauf vertrauen, dass Kai nicht log? *Ich meine, er sagte auch, dass ich die Tochter der Königin und des Königs von Matrix war.*

Zitternd stieß ich die Luft aus. Ich wusste nicht, was wahr oder falsch war.

Plötzlich ging eine gewaltige Erschütterung durch den Boden.

Zuerst erzitterte nur der Boden, doch dann flogen Stühle um und selbst die Wände knirschten.

Das ist der Anfang, schoss es mir durch den Kopf.

„Sophie, ist alles in Ordnung bei dir?" Kirrens Stimme drang gedämpft durch die Tür.

„Ich heiße Luna!", brüllte ich zurück. Keine Ahnung warum ich das gesagt hatte, oder wie ich auf den Namen gekommen war, doch es fühlte sich unglaublich richtig an. Und das verschaffte mir neuen Mut.

Fieberhaft überlegte ich, was ich tun konnte. Eines war sicher, ich musste hier raus! Durch die Tür kam ich nicht, ich musste einen anderen Weg finden. *Das Fenster!*

Ich durchquerte das Zimmer und blickte hinaus, als ich mein Spiegelbild sah. *Es wird schlimmer! … Deine Augen, sie werden weiß!* Das Blau in meinen Augen war fast zur Gänze verschwunden. Wie …?

Schnell riss ich eines der Fenster auf, was ich jedoch sofort bereute. Es waren gut fünfzig Meter bis zum Boden. Nein, das war viel zu hoch, das würde ich nicht schaffen und schon gar nicht überleben.

Gerade als ich das Fenster wieder schließen wollte, kam ein leichter Windstoß herein. Aber es war kein Wind, es war ein Ruf, eine Bitte, ein Flehen und ein Wegweiser.

Ohne dass ich es wirklich merkte, begann meine Hand zu jucken. Ich hatte wirklich keine Nerven für so etwas! Gereizt sah ich auf meine Hand hinunter und erstarrte. Sie leuchtete, sie *leuchtete*!

Mit der anderen Hand strich ich über die strahlenden Punkte und betrachtete sie. *Das Sternbild des Drachen,* schoss es mir durch den Kopf. *Aber warum leuchtet es oder warum habe ich es überhaupt?* Das Jucken hatte aufgehört und ich verspürte nur mehr ein leichtes Kribbeln.

Als ich sachte die Punkte der Reihe nach entlang strich, leuchteten sie noch heller und der Wind vom Fenster herein wurde stärker.

Ich sah wieder aus dem Fenster, doch hörte nicht damit auf, die Punkte zu berühren. Am letzten Punkt ließ ich meinen Finger liegen, es fühlte sich warm an und gab mir Kraft, fast so als würde das Licht mich selbst aufladen.

Ob ich verwundert darüber war? Nein, ich war viel zu fasziniert, um mich darüber zu wundern.

Plötzlich wurde der Punkt unter meinem Finger noch heller. Er explodierte regelrecht vor Licht. Aber nein … es war nicht der Punkt, aus dem das Licht kam, es war ich selbst.

Überall leuchteten Punkte und Sterne auf und strahlten. Meine Arme waren übersät davon und als ich meinen Rock hob wurde mir schwindelig. Ich war eine Karte, denn je genauer ich hinsah, umso mehr Sternbilder konnte ich erkennen.

„Wahnsinn", flüsterte ich als ich mich betrachtete.

Ich hatte noch immer einen Finger im Sternbild an meinem Handgelenk liegen. Vorsichtig nahm ich ihn weg und in dem Moment tönte ein Brüllen zum Fenster herein. Es ging mir durch Mark und Bein und ich spürte eine sanfte Vibration in der Luft. Am Horizont war nichts zu sehen, was auch nur ansatzweise solch einen Schrei ausstoßen hätte können. Doch als ich mich wieder den leuchtenden Punkten widmete waren sie verschwunden.

Bevor ich mich genauer darauf konzentrieren konnte klopfte es an der Tür. Schnell sprang ich vom Fenstersims und schlug das Fenster zu.

Leise konnte ich das Knacken des Schlüssels im Schloss hören. Ich erwartete, dass die Türe aufgestoßen wurde und Hannah hereingestürmt kam, warum auch immer, doch die Tür ging nur langsam auf und auch nur einen Spalt weit. Ich wollte schon zur Türe gehen, als Liz den Kopf hereinsteckte.

„Liz", rief ich, doch sie schüttelte den Kopf und drückte einen Finger auf ihre Lippen.

25

„Stopp!“, knurrte Ruhko und blieb stehen. „Ab hier können wir nicht weiter in den Wald vordringen.“

„Warum?“, fragte Kai und sah mich verwundert an.

„Wenn wir jetzt weitergehen, sind wir Sophie keine Hilfe, es liegt jetzt an ihr uns zu finden.“

„Und wie bitte soll sie das schaffen?“, fragte Marik und ging auf den kleinen Fuchs zu.

„Ich weiß, sie ist deine Schwester, doch ich passe schon mein ganzes Leben lang auf sie auf. Ich weiß, dass sie das kann.“

Marik schnaubte, setzte sich aber und lehnte sich mit dem Rücken gegen einen Baum.

Ruhko blickte mich mit ihren farbigen Augen an und nur eine Sekunde später hüpfte sie als kleine Katze in meine Arme.

Ich mochte sie, also Ruhko. Sie war genauso ein Dickkopf wie Sophie.

Gedankenverloren strich ich ihr durchs Fell und spürte wie sie schnurrte. Als plötzlich ein Ruck durch Ruhko fuhr. Als ich auf sie hinunter blickte erschrak ich, sie wandelte sich. Doch sie war nicht wie sonst ein Tier geworden, nein, sie zeigte sich in ihrer wahren Gestalt.

Schnell sprang sie von meinem Arm und wuchs zu ihrer echten Größe heran. Der schlanke Körper erreichte eine Länge von gut zwei Metern und die riesigen Flügel erreichten eine Spannweite von vier Metern.

Die Schuppen des Drachen leuchteten in wunderschönem Silberblau und als Ruhko auf einen Baum sprang bog sich dieser und ächzte unter der Last.

Dann begann die Luft zu vibrieren und der Drache stieß ein ohrenbetäubendes Brüllen aus.

26

„Warte …!“, flüsterte sie und streckte einen Arm aus, um mich am Weitergehen zu hindern.

Liz lugte um die Ecke und zog den Kopf schnell wieder zurück, denn gerade in dem Moment schritten zwei Wachen den Flur entlang.

Sobald sie vorbei waren, zog mich das kleine Mädchen weiter, und lugte bereits um die nächste Ecke. Wir huschten an Wachen vorbei, duckten uns hinter Möbeln und schlichen durch die verschiedensten Räume. Ich hatte schon längst den Überblick verloren und hatte keine Ahnung wo wir waren. Doch ich hatte ein Ziel vor Augen, den Ausgang.

„Beeil dich …“, wisperte Liz, als wir durch eine schwere Holztür schlüpften.

Es war zwar niemand im Raum, und trotzdem liefen wir gebückt ans andere Ende. Mir war klar, dass Liz ihr Leben für mich riskierte, doch warum wusste ich nicht. Eines aber war sicher, sie wusste etwas, woran ich mich nicht mehr erinnern konnte, etwas Wichtiges, etwas, das alles ändern könnte.

„Hör auf nachzudenken!“, fauchte Liz. „Das lenkt mich ab.“

„Was machen wir überhaupt hier? In diesem Raum gibt es nur eine Tür und durch die sind wir gerade hereingekommen", gab ich zurück und sah mich um.

„Du siehst nur mit den Augen! Konzentrier dich auf deine magische Seite", murmelte sie, während sie das Bücherregal untersuchte.

Meine magische Seite?, überlegte ich.

„Pscht!!", machte sie und drückte sich hinter die riesige Couch.

Ich habe doch gar nichts gesagt! Ich schüttelte den Kopf und quetschte mich neben Liz. *Aber natürlich, sie hat mich denken gehört,* fiel mir ein und als ich sie ansah rollte sie mit den Augen.

Sobald die Schritte im Gang verstummt waren, sprang sie wieder auf und tastete die Wand neben dem Bücherregal ab.

Wonach suchst du?

„Ich habe keine Zeit es dir zu erklären, aber vertrau mir." Sie griff nach einem Kerzenleuchter und schlagartig hellte sich ihr Gesicht auf.

„Halte dich an mir *fest.*" Sie betonte *fest,* als müsste ich mich wirklich fest festhalten.

Gesagt getan. Ich ergriff ihren Arm und in diesem Moment zog Liz an der Kerze. Zuerst passierte rein gar nichts, aber dann vibrierte die Wand und schob sich hinter das Bücherregal. Ein Geheimtunnel! Ich fühlte mich wie in einem Hollywood-Film oder Indiana Jones. Warum ich mich bei Liz festhalten musste, verstand ich jedoch nicht.

„Ich dachte wir würden ins Bodenlose fallen", klärte sie mich auf und löste sich von meinem Griff.

Ohne zu zögern oder meine Empörung zu beachten machte sie einen Schritt in das Dunkel, das sich hinter der Geheimtür verbarg.

Liz war schon ganz im Dunkel verschwunden, doch ich zögerte. Ich hatte keine Ahnung was sich dahinter verbarg oder ob ich Liz überhaupt trauen konnte.

Ich fasste meinen gesamten Mut zusammen und wollte gerade einen Schritt machen, als sich mir eine Hand aus dem Dunkel entgegen streckte. Liz' Hand konnte es nicht sein, denn sie war viel zu groß. Doch ehe ich reagieren konnte griff die Hand nach meiner und zog mich hinein.

Ich war völlig paralysiert und es passierte alles viel zu schnell. Ich stolperte durch den Tunnel und landete in einem Raum, der nur von schwachem Kerzenlicht erleuchtet war.

Die unbekannte Hand hielt meine immer noch fest umschlossen, doch als ich sah wessen Hand es war, riss ich mich von ihr los.

Mein Blick glitt von Kirren zu Liz, die bereits den Raum erkundete. *Kirren?!*

„Hör auf zu denken! Er ist auf unserer Seite", fauchte Liz und überprüfte die Wände des Raumes.

Ich wusste, dass sie auf meine Frage antworten würde, und weil ich nicht wollte, dass Kirren es hörte, dachte ich. *Warum hat er mich dann erst ins Zimmer gesperrt?*

„Ach!" Sie fuhr zu mir herum und antwortete genervt. „Du bist wirklich dumm wie ein Stein", sagte sie und ignorierte Kirren, der leise kicherte. „Wenn du unsere Welt retten sollst, sind wir verloren."

Danke!, dachte ich ironisch und verließ mich darauf, dass Kirren wirklich auf unserer Seite war. Und das obwohl ich jetzt nur noch mehr Fragen hatte, doch ich blieb stumm und konzentrierte mich auf Liz, die wieder anfing die Wände abzutasten.

„Wo sind wir hier?", fragte ich, um die Stille zu überspielen.

„Das ist ein alter Schutzraum. Er grenzt genau an die Waffenkammer, unser nächstes Ziel." Kirren nickte in Richtung Liz, die gerade einen losen Stein in die Felswand drückte.

„Kommt", flüsterte sie und ging ohne sich umzudrehen durch den versteckten Eingang, der sichtbar wurde als sie den Stein bewegte.

Ich ging ihr sofort hinterher, denn ich hatte das Gefühl, nicht mit Kirren alleine sein zu wollen.

Als ich durch den Eingang gegangen war, stolperte ich durch die Dunkelheit. *Verdammt!* Ich fluchte, als ich über etwas fiel und auf den Händen landete.

„Nutze deine Magie!“, sagte Liz, die plötzlich neben mir stand und mich aufhielt.

Ich konnte weder ihre Umrisse erkennen, noch ob sie überhaupt noch da stand.

Ich soll meine Magie nutzen?! Ich bin ein Mensch, ich habe keine Magie! Und schon wieder hatte sie mich gehört. Denn ihre kleine Hand griff nach mir und mit einem Finger strich sie über mein Handgelenk. *Was will sie …*, dachte ich, als mir der Groschen fiel. Das Sternzeichen. „Aber woher weißt du …“ Doch noch ehe ich den Satz ganz ausgesprochen hatte, unterbrach ich mich. *Olim, stimmt ja.*

Ich spürte, dass sie mit den Augen rollte, aber trotzdem nickte.

Doch wie sollte ich mein Sternzeichen zum Leuchten bringen oder, besser gesagt, war es überhaupt noch da? Also strengte ich mich an und versuchte mit meiner Willenskraft die Punkte leuchten zu lassen, doch es passierte rein gar nichts. In Gedanken ging ich alles noch einmal durch was passiert war, als es leuchtete während ich am Fenster stand.

Also, es war leichter Wind aufgekommen und meine Hand hatte einfach zu jucken begonnen. Das war eigentlich auch schon alles, es war nicht großartig viel passiert.

Ich dachte genau an den Moment zurück und versuchte mich zu erinnern, als mein Arm zu leuchten begann. Ich hatte es wirklich geschafft! Aber wieso konnte ich leuchten? Ich war doch ein normaler Mensch.

„Los jetzt“, sagte Kirren und riss mich aus meinen Gedanken.

Ich nickte und streckte meinen Arm aus, um uns den Weg zu leuchten.

Gemeinsam stolperten wir im schwachen Licht des Sternzeichens eine schmale Wendeltreppe hinunter. Der Stein und die Wände waren rutschig und man musste furchtbar vorsichtig sein, um nicht auszurutschen.

Ich verdrängte, so gut es ging, alle Fragen, die mir auf den Lippen brannten. Dafür gab es auch einen einfachen Grund, niemand konnte sie mir beantworten. Eigentlich sollte ich sie mir selbst beantworten können, doch genau das konnte ich nicht.

Ich muss mich erinnern!

„Du denkst auch Sinnvolles?“, sagte Liz und grinste mich durch die Dunkelheit an.

„Wir haben keine Zeit zum Scherzen! Sobald Hannah merkt, dass du weg bist, geht hier die Hölle los. Sie wird ihr gesamtes Heer ausschicken, um dich zu suchen. Wenn sie dich finden, ist es nicht garantiert, dass sie dich lebendig zurückbringen“, knurrte Kirren und schob mich vorwärts.

„Warum hat sie mich eingesperrt? Warum hat sie mir nicht erlaubt in den Wald zu gehen?“, fragte ich ihn, während ich mich bemühte nicht auszurutschen.

„Pscht!“

Liz hatte die letzte Stufe erreicht und lugte bereits um die nächste Ecke. „Wir müssen uns beeilen! Kirren hat es verschrien, sie sind bereits auf der Suche nach dir!“

Vorsichtig ging ich zu ihr und sah ebenfalls um die Ecke.

Ein ganzer Trupp aus bewaffneten Wachen schritt durch ein Tor hinaus.

„Los!“, flüsterte Liz und rannte los.

Geduckt liefen wir ans andere Ende des Raumes und öffneten eine Tür, die in die entgegengesetzte Richtung führte als die, in die die Wachen verschwunden waren.

Ein leises Wiehern ertönte, als wir durch die Tür waren. Bis auf drei gebrechlich aussehende Pferde und Celest war der Stall leer und niemand außer uns hielt sich darin auf.

„Warum nehmen wir nicht die Pferde?“, fragte ich und ging zu Celest, die leise schnaubte und mir ihren Kopf entgegen reckte.

„Nein. Mit den Pferden wären wir zu auffällig und ich glaube nicht, dass du schnell genug reiten kannst.“

Er hatte Recht, ich war wirklich keine gute Reiterin.

„Na gut, und wie kommen wir dann hier raus?“

„Lass das mir über. Kirren, du bringst sie hier raus.“ Damit trat Liz aus dem Stall und stellte sich den Wachen.

„Was hat sie …?“, fragte ich, und wollte ihr schon hinterher stürzen, um sie zurückzuhalten. Doch Kirren packte mich am Arm und schüttelte den Kopf.

„Sie weiß, was sie tut.“ Damit zog er mich weiter.

Wir huschten aus dem Stall ins Freie und sahen uns um. Keine einzige Wache war zu sehen. *Wie hat Liz das geschafft?* Diese Frage wurde mir sogleich beantwortet, sie stand in einem Ring aus Wachen und fuchtelte wild mit ihren Armen herum.

Aus der Entfernung konnte ich nur schlecht verstehen was sie sagte, doch der Wind trug einige Worte zu uns herüber.

„Er war riesig!“ Sie machte eine weite Bewegung über ihrem Kopf. „Er hob sie einfach in die Luft, sie hat sich gewehrt, doch der Drache hat sie erbarmungslos fortgerissen.“

Wenn die Wachen ihr tatsächlich glaubten, dann waren das wirklich alle Schwachköpfe. Ich grinste, als sich unsere Blicke kurz trafen, doch dann zog mich Kirren schon weiter.

Hand in Hand flüchteten wir in Richtung Wald. Wir rannten denselben Weg hinunter wie an dem Tag, an dem Kirren und ich einen Spaziergang gemacht hatten. Doch diesmal waren wir auf der Flucht.

„Glaubst du, schaffst du es in den Wald?“ Kirren war wenige Schritte bevor der Wald begann stehen geblieben und sah mich ernst an.

Ich nickte nur und trat demonstrativ einen Schritt nach vorne. „Was ist mit Liz? Sie wird doch nicht hier bleiben?“

„Nein. Wir haben uns einen Treffpunkt ausgemacht.“

Mit diesen Worten gingen wir in den Wald hinein.

Der Wald war genau so dunkel und kalt wie an dem Tag, als ich aus dem Schloss ausgerissen war.

Kirren und ich hatten wieder angefangen zu laufen und den Weg verlassen. Wir kämpften uns durch das Gebüsch und ich versuchte mir vergebens den Weg zu merken, irgendwann gab ich auf. Keiner von uns beiden blickte zurück, beide hatten wir Angst verfolgt zu werden.

Die Bäume wurden immer dichter und wir kamen nur mehr schwer vorwärts. Doch nicht nur das erschwerte uns den Weg, es war auch die Tatsache, dass es immer dunkler wurde. Ich konnte nicht sagen, ob es daran lag, dass die Sonne unterging oder ob es am Wald lag.

„Ich brauche eine Pause!“, keuchte ich.

„Noch nicht. Wir müssen es zum Treffpunkt schaffen, erst dort werden wir sicher sein.“

Also eilten wir weiter und schlugen uns unseren Weg durch das Gebüsch. Doch plötzlich konnte ich eine leichte Vibration in der Luft wahrnehmen und ich blieb wie angewurzelt stehen.

Kirren bemerkte es zuerst nicht und rannte einfach weiter, bis er sah, dass ich stehen geblieben war. „Was ist los?“, fragte er besorgt.

Das Summen in der Luft nahm immer mehr zu und dämpfte seine Worte. „Spürst du das nicht?“

Bist du verrückt geworden?, schien sein Blick zu sagen und bestätigte mir somit, dass er es nicht spürte.

In mir schrillten die Alarmglocken los und versuchten mich zu warnen.

„Wir müssen hier weg!“, schrie ich und rannte los.

„Was glaubst du, was ich die ganze Zeit wollte?“, sagte er und starrte mich an.

„Nein.“ Ich packte ihn am Arm und zog ihn mit mir. „Da kommt etwas!“

Endlich verstand er. Mit der letzten Kraft, die wir noch hatten, rannten wir los und versuchten von hier wegzukommen.

Aber es machte keinen Unterschied, egal in welche Richtung wir rannten, das Vibrieren wurde stärker, bis es zu einem unerträglichen Summen anschwoll. Ich drückte mir die Handballen auf die Ohren und versuchte das Vibrieren auszublenden.

Als es uns plötzlich erreichte. Ich konnte nicht sagen, was *es* genau war, doch ich wusste, ich war dafür verantwortlich.

Kirren und ich wurden von den Füßen geschleudert und landeten unsanft auf dem Boden. Eine gewaltige Druckwelle knickte Bäume um, schleuderte sie durch die Luft und drückte uns zu Boden. Es war ein unglaublicher Lärm, der die Luft erfüllte und in meinem Kopf widerhallte.

Dann verschwand sie, die Druckwelle löste sich auf und ließ mit ihrem Verschwinden alles um uns herum zusammenfallen. Stöhnend stand Kirren auf und kam zu mir herüber. Er schwankte leicht und musste sich kurz an einem umgestürzten Baum stützen, bevor er es zu mir schaffte.

„Was um Himmels willen war das?“, fragte er mit zitternder Stimme.

„Ich habe keine Ahnung …“ *Aber es ist noch nicht vorbei!*

Kirren wollte mich gerade hochziehen, als die Alarmglocken erneut in mir losgingen.

„Runter!!“ Ohne zu zögern zog ich ihn zu Boden und drückte mich flach auf die Erde. Und das keine Sekunde zu spät, denn in diesem Moment ging ein Ruck durch den Boden. Es war als würde er eine Welle schlagen, eine Welle aus unbändiger Magie.

Doch es blieb nicht bei einer, nein, eine nach der anderen wälzte an uns vorbei und riss alles zu Boden.

„Wir müssen hier weg!!“, schrie Kirren mir durch den Lärm zu.

Ja, der Gedanke war mir auch schon gekommen, doch ich hatte keine Ahnung wie wir das, nämlich ohne uns zu verletzen, bewältigen sollten.

Ich versuchte aufzustehen um wegzulaufen, doch als ich mich aufrichtete verstummte der Lärm und auch die Erschütterungen hörten auf.

„Was …“, Kirren rappelte sich auf und sah sich um.

„Es hat aufgehört …“

Um uns herum sah es aus wie auf einem Schlachtfeld. Unzählige Bäume lagen zersplittert und zerbrochen am Boden und an einigen Stellen war die Erde aufgebrochen.

„Ich wiederhole mich nur ungern, aber was war das?!“ Kirren raufte sich die Haare und sah mich ungläubig an.

„Erst der Anfang.“ Ich drehte mich zu ihm um. „Diese Welt bricht zusammen. Meinetwegen!“ Meine Stimme brach und ich konnte Kirrens Blick nicht mehr standhalten.

„Ich meine nicht diese Druckwelle oder das Erdbeben. Ich meine dich! Du hast geleuchtet, heller als ein Stern! Nicht so wie jetzt, viel stärker, fast so als würde das Licht regelrecht aus dir hervorbrechen!“

„Was?“ Ich sah an mir herunter. Die Sternzeichen, sie leuchteten wieder. Ich hob die Arme und betrachtete die Punkte. „Wie kann das sein?“

Ohne es richtig zu bemerken ging ich in die Hocke und legte meine Hände auf den Boden. Augenblicklich glitt eine Energiewelle durch die Erde und brachte sie leicht zum Vibrieren. Es war dieselbe Magie wie die, die uns vor einigen Minuten durch die Luft geschleudert hatte.

Kirren kniete sich neben mich und fragte mit leiser Stimme: „Kannst du sie kontrollieren?“

Ich schüttelte den Kopf und sah zu ihm auf. Er war mit Kratzern übersät und überall war er mit Blut beschmiert. Langsam hob ich eine Hand an seine Wange und strich mit dem Daumen über einen Kratzer. Ich spürte ein leichtes Kribbeln im Daumen und als ich meine Hand hob war der Kratzer verschwunden.

Mein Mund klappte auf und Kirren betastete staunend seine Wange. „Was zum …“

Mein Licht hatte ihn geheilt! Wahnsinn!

Ich wollte schon etwas erwidern, doch bevor ich auch nur Luft holen konnte wurde ich unterbrochen. Und zwar nicht von Kirren, sondern von einer Schleiereule. Sie war relativ klein, aber unglaublich hübsch, sie hatte bläuliche Federn und dunkle, fast schwarze Augen.

Bei genauerem Hinsehen entdeckte ich ein feines Band, das samtig schimmerte, und einen zusammengerollten Zettel, der mit einem Ring befestigt war.

„Liz' Eule“, sagte Kirren und mein Licht war wie vergessen. „Sie muss bereits bei unserem Treffpunkt sein.“

Die Eule setzte sich auf Kirrens ausgestreckten Arm. Ich ging zu ihnen und zog den kleinen Zettel aus dem Ring.

Bin bereits am Treffpunkt. Bitte beeilt euch, ich habe etwas Wichtiges erfahren! Liz!

Sie war also wirklich den Wachen entkommen. *Respekt, kleines Mädchen!*

„Sie hat Recht, wir müssen weiter.“ Kirren gab der Eule Starthilfe und wandte sich zum Gehen. „Los, komm.“

Mit einem Nicken ging ich zu ihm und gemeinsam gingen wir los. Die Eule flog direkt über unseren Köpfen her und beobachtete uns.

„Jeder hat ein magisches Wesen an seiner Seite", sagte Kirren, als hätte er meine Gedanken gelesen.

„Kannst du jetzt wie Liz meine Gedanken lesen?", fragte ich und grinste ihn an.

„Nein. Aber ich kann es von deinem Gesicht ablesen."

„Okay … hat wirklich jeder ein magisches Wesen?"

Er knickte einen Ast zur Seite und deutete mir vorbei zu gehen.

„Ja, nur manche lehnen es ab, dann gehen sie ihren eigenen Weg."

Ich ging jetzt vorne und musste mich umdrehen, um ihm antworten zu können. „Ich meine Trolle, Elfen oder Oger?"

„Natürlich, aber diese lehnen sie meistens ab, da sie ja im Prinzip selbst magische Wesen sind."

„Was ist deines?", fragte ich und blieb stehen.

Kirren aber scheuchte mich weiter und sagte: „Eine Invisibilia-Katze. Und bevor du fragst, Invisibilia bedeutet *unsichtbar.* Die Fähigkeit dieser Katzen besteht darin, in ihrer Umgebung unsichtbar zu sein."

„Genial!" Ich duckte mich unter einem Ast und erspähte eine Höhle, die in einen riesigen Fels hineinführte. „Kann ich sie sehen?"

Er seufzte und sagte: „Später."

Ich verkniff mir ein Jauchzen und rannte auf die Höhle zu.

Als plötzlich Liz' Kopf am Eingang zum Vorschein kam.

„Man hört euch ja drei Meilen gegen den Wind!", beschwerte sie sich und nahm ihre Eule in Empfang. Diese gurrte und schmiegte sich an sie.

Oh ja, ich war eifersüchtig! Ich wollte auch so ein Wesen als meinen Begleiter, vielleicht einen Hund, oder einen Raben.

Doch ich wusste, das würde nie sein können, ich war ein Mensch und in meiner Welt kaufte man sich ein Tier und war dann nicht mit ihm verbunden.

Hinter mir kam Kirren in die Höhle und machte es sich gemütlich.

„Nun, was machen wir jetzt?“ Er rückte näher an das Feuer, das Liz schon angezündet haben musste bevor wir ankamen.

„Gute Frage“, kommentierte diese seine Frage.

Dann war es still. Keiner von uns wusste weiter, wir hatten nur die Flucht aus Hannahs Schloss vor Augen und haben dabei nicht darüber nachgedacht, was wir machen, wenn wir überhaupt so weit kamen.

„Warum war Hannah so versessen darauf, dass ich im Schloss bleibe?“

Liz sah kurz auf und wirkte so als wollte sie etwas sagen, doch sie presste bloß die Lippen aufeinander.

„Sie wollte dich nur beschützen“, kam es von Kirren.

„Das glaube ich nicht.“ Ich schüttelte den Kopf. „Wenn sie mich nur beschützen wollte, warum hat sie mir das nicht einfach gesagt, ich meine auf die nette und freundliche Weise?“

„Sie hat schon viele verloren. Hannahs Bruder zum Beispiel, er ist einst in den Wald geritten und nicht mehr zurück …“

„Das wird mir zu viel.“ Liz unterbrach Kirren und stand auf, um aus der Höhle zu gehen.

Ich starrte ihr hinterher, doch als sie aus der Höhle verschwunden war redete Kirren nicht mehr weiter. Aber anstatt bei ihm sitzen zu bleiben stand ich auf und lief ihr nach.

Liz hockte unter einer schmächtigen Eiche und war damit beschäftigt ihre Eule zu streicheln. Ich dachte schon, sie hätte mich nicht kommen hören, als sie anfing zu reden. „Pluma hat schlechte Nachrichten.“

Die Eule?

„Jap.“ Sie sah mich an, bevor sie weiterredete. „Es hat begonnen.“

Ich sparte mir zu antworten, da ich spürte, dass sie meine Gedanken las. *Was hat begonnen?*

„Unsere Welt bricht zusammen, das Erdbeben war erst der Anfang. An anderen Orten war es viel schlimmer, Dinge sind passiert, die in unserer Welt undenkbar sind, oder *waren*.“

„Das bin ich, habe ich Recht?" Ich kniete mich neben sie ins Gras und streckte die Hand aus, um Pluma zu streicheln.

„Ich darf dir zwar nichts über deine Vergangenheit erzählen, aber ja, deinetwegen bricht diese Welt zusammen."

„Warum wollte Hannah mich nicht gehen lassen?"

Sie schüttelte den Kopf. „Nein, auch das darf ich dir nicht sagen. Doch ich kann dir etwas sagen, etwas, das du nicht verstehen wirst, etwas, das aber vieles erklärt." Liz' grüne Augen hielten meinen Blick gefangen, sie sahen in mich hinein.

„Du hast etwas, das Hannah nicht hat und das macht sie eifersüchtig …"

Ich legte meinen Kopf in den Nacken und lachte. „Sie soll auf mich, einen Menschen, eifersüchtig sein?! Sie ist die Cousine der Prinzen von Matrix, was sollte ich haben, was sie nicht zu Füßen gelegt bekommt?"

„Nein. Sie will etwas anderes und das kann sie dir weder vom Leib reißen, noch kann sie es sich kaufen. Denk nach!"

Sie meint es wirklich ernst!

Liz gab ein bedrohliches Knurren von sich.

„Will sie mein Aussehen?"

Als ich über meinen Witz lachte, konnte ich spüren, wie mich Liz mit Blicken erdolchte. „Es gibt nichts, was ich habe und sie nicht!"

„Doch! Du bist nur zu blind, um es zu sehen!" Sie sprang auf, ohne darauf zu achten, dass Pluma noch auf ihrem Schoß saß.

„Verdammt! Kommt rein, die werden uns noch finden!" Kirren war aus der Höhle gekommen und sah sich hektisch um.

„Ich will endlich Antworten!! Ich tappe total im Dunkeln!" Kirren sah sichtlich nervös aus und konnte seine Augen nicht von der Umgebung nehmen.

„Lass uns das drinnen besprechen." Er kam auf mich zu und packte mich am Arm. „Wir müssen vorsichtig sein …"

„Was ist, wenn es keinen Weg zurü …" Genau wie ich eben unterbrach er mich. Doch dabei drückte er mir seine Hand auf den Mund und sah angestrengt geradeaus. „Da kommt jemand!"

Liz erstarrte und ich nahm meine Hände runter.

Nach und nach konnte ich dunkle Umrisse hinter ein paar Baumreihen ausmachen. Langsam und ohne schnelle Bewegungen schob ich mich hinter Kirren und hielt den Atem an.

Als … *Nein! Nicht jetzt!* … leichter Wind aufkam und eine Stimme zu flüstern begann. „Folge mir …" Ab diesem Moment wehrte ich mich nicht mehr.

Gesteuert machte ich einen Schritt zurück und mit einem Mal befand ich mich an einem riesigen See. Es war atemberaubend schön, doch ehe ich die Schönheit in mir aufnehmen konnte zerschnitt ein Kreischen den Moment.

Ich krümmte mich am Boden zusammen und versuchte gegen den Schmerz anzukämpfen, doch dieser wurde nur noch schlimmer.

Zitternd blickte ich auf und mich überfiel ein Schauer. Am Waldrand kam eine Frau hinter den Bäumen hervor, aber nicht irgendeine, nein, es war Hannah.

„Sophie!!" Eine unbekannte Stimme riss mich zurück in die Wirklichkeit.

„Lass sie los!" Das kam eindeutig von Kirren.

Ich schlug die Augen auf und blickte direkt in wunderschöne bernsteinfarbene Augen. Komischer Weise lag ich auf dem Boden im Arm eines mir fremden Jungen.

„Ich sagte, lass sie los", knurrte Kirren in einem Tonfall, bei dem selbst Hannah eingeknickt wäre.

„Du hast hier nichts zu sagen!", donnerte eine eiskalte, schneidende Stimme.

„Ach, ihr seid echt zu dumm! Sie kennt sich ja nicht einmal aus!"

Liz kam zu mir und entriss mich den Armen des Fremden. Erst jetzt konnte ich sehen, was um mich herum passierte. „Alles ist gut. Es sind nicht Hannahs Wachen, die uns gefunden haben … aber dafür haben wir jetzt ein größeres Problem."

Ich richtete mich auf und sah mich um. Kirren stand mit verschränkten Armen neben Liz und mir und starrte stumm einen blonden Jungen an. Die Haare dieses Jungen schlugen selbst Liz', sie waren blond, ja fast schneeweiß. Als sich unsere

Blicke trafen erstarrte ich, seine Augen waren eisblau und noch leuchtender als Hannahs. Obwohl sich bei seinem Anblick etwas in mir regte, war er mir fremd.

Neben ihm stand Kai, ebenfalls mit verschränkten Armen.

Und als wäre es noch nicht genug, glaubte ich zu träumen. Neben mir saß ein bildhübscher Junge, der mich mit einem warmen Blick musterte. Dann traf mich der Schlag! Es war Jonas! Er sah aber so anders aus als auf den vielen Gemälden in Hannahs Schloss, ihm stand ein leichtes Lächeln im Gesicht und seine Augen leuchteten. Obwohl er auf den Gemälden meist finster drein sah.

Ich reagierte keine Sekunde zu spät als ich aufsprang und gleich mehrere Schritte auf einmal zurück machte.

„Keine Sorge, ich werde nicht zulassen, dass sie dich mitnehmen!" Kirren zog einen kurzen Dolch und versuchte sich vor mich zu schieben. Doch so ungern ich es auch zugeben wollte, bezweifelte ich, dass er damit viel anfangen konnte, denn an der Seite des blonden Jungen konnte ich ein armlanges Schwert hängen sehen und Kais Axt blitzte hinter ihm auf.

„Was wollt ihr?" Ich machte einen Schritt hinter Kirren hervor.

Jonas sah aus als würden ihm gleich die Augen aus dem Kopf fallen und dem Blonden klappte der Mund auf.

„Ich hab's euch ja gesagt, sie weiß nicht, wer wir sind", kam es von Kai.

„Ich wüsste auch nicht, warum sie das sollte", entgegnete Kirren und trug zu der Spannung, die in der Luft hing, deutlich bei.

„Du weißt nicht, wer ich bin?", sagte der Blonde und erst jetzt fiel mir auf, dass ich ihn schon einmal gesehen hatte. Auf einem Porträt in dem Gang zum Speisesaal.

„Doch, du bist einer der Eis-Prinzen von Matrix." Dann sah ich Kai an. „Du bist Kronprinz Kai von Vultan, du kennst *mich* bereits. Und du …", ich schluckte und sah zu Jonas. „Du bist Prinz Jonas von Litrium und außerdem Hannahs Verlobter."

Einen Moment lang starrten mich alle an, sogar Liz und Kirren, doch dann durchbrach ein Lachen die Stille. Der Eis-Prinz hielt sich vor Lachen den Bauch. Kirren sah so aus als würde ihm schlecht werden, Liz nahm es gelassen. Aber Jonas' Reaktion war Fassungslosigkeit schlechthin.

Er starrte mich mit seinen braunen Augen an und schüttelte leicht den Kopf.

„Du meinst das wirklich ernst?“ Der Eis-Prinz lachte, aber diesmal tonlos.

„Ich kenne euch, also nicht wirklich, nur von Porträts oder Geschichten.“ Meine Stimme klang leise und ich erschrak, als sie bei den letzten Worten brach.

Krampfhaft versuchte ich die Tränen zurückzuhalten und den Blicken auszuweichen.

Als ich die Augen schloss legten sich warme Hände auf meine Schultern und ich wurde an eine Brust gezogen. Ohne es zu wollen wusste ich, dass es Jonas war, der mich im Arm hielt.

„Du weißt nicht, was passiert ist? Oder wie du in diese Welt gelangt bist?“, tönte seine weiche Stimme.

Ich schüttelte den Kopf und biss mir auf die Lippe, denn mit dem Zurückhalten der Tränen war es vorbei.

Seine durchtrainierten Muskeln spannten sich an, doch er ließ mich nicht los. Was er, wenn es nach mir ging, auch nicht tun musste.

„Kannst du dich an irgendetwas erinnern?“, fragte er und schob mich so weit von sich, dass er mir in die Augen sehen konnte.

„Nein …“, krächzte ich und traute mich nicht ihn anzusehen.

„Ich bringe sie um!!“, knurrte der blonde Prinz.

Doch Kirren stellte sich ihm in den Weg. „Oh nein, das wirst du nicht!“

„Und wer sollte mich daran hindern?“, gab er spöttisch zurück und zog sein Schwert. Und ich wusste, er würde nicht zögern es zu benutzen.

Ich befreite mich aus Jonas' Griff und wandte mich dem Prinzen zu. „Ich!“ Auf einmal konnte ich stolz auf meine Stimme sein, denn sie klang unglaublich hart. Als er näher kam merkte ich erst, wie groß er war. Ich schluckte, wagte es aber nicht zurückzuweichen.

Der Prinz stand jetzt keine fünf Zentimeter mehr von mir entfernt. Sein Gesicht war viel zu nahe und ich glaubte zu zittern als er mich musterte.

„Du hast leider immer noch denselben Dickschädel!“, knurrte er und trat einen Schritt zurück.

„Was wollt ihr von mir?“

„Eigentlich wollten wir dich befreien, doch wie man sieht habt ihr das selbst hinbekommen“, sagte Kai, der immer noch Kirren im Blick behielt.

„Bessere Frage, woher kennt ihr sie?“, fragte dieser.

„Ich habe dich im Wald vor Wölfen gerettet und in mein Schloss gebracht“, kam es von Jonas. „Danach sind wir aufgebrochen um diese Welt zu retten, und haben Marik und Kai als Unterstützung am Weg getroffen.“

„Wir waren am Schwarzen See …“, sagte Kai.

„Wo du von Hannah entführt wurdest“, vollendete der Blondschopf.

„Und das soll ich euch glauben?“ Ich verschränkte die Arme.

„Ja“, sagten die drei Jungen im Chor. In diesem Moment entdeckte ich die kleine schwarze Katze, als sie um Jonas’ Beine strich. Sie merkte, dass ich sie anstarrte und blickte zu mir hoch.

Ihre Augen glänzten in den Farben eines tropischen Sees und strahlten unglaubliche Vertrautheit aus. Doch bevor ich etwas sagen konnte wurde ich aus meinen Gedanken gerissen.

„Sophie, wir müssen verschwinden!“ Kirren war hinter mich getreten und zerrte mich am Arm.

„Was …?“ Ich drehte mich zu ihm um, doch dann hörte ich es auch. „Sie kommen.“

27

Wir waren alle zusammen verschwunden, Kirren, Liz, Jonas, Kai und der blonde Prinz.

Nur um ein Haar waren wir ihnen entkommen, Hannahs Wachen.

Kirren hatte Liz und mich gepackt und fortgezogen, die drei Jungs waren uns einfach gefolgt. Auch wenn es Kirren nicht passte, waren sie immer noch bei uns. Ob die kleine Katze uns gefolgt war, konnte ich nicht sagen, da ich sie nirgends entdeckte.

Ich wusste nicht warum, aber Kirren schien besonders auf Jonas' Gegenwart verzichten zu können und ich spürte die Spannung, die ihn gerade noch davon abhielt, ihm an die Gurgel zu springen.

„Warum seid ihr immer noch hier?!", knurrte Kirren als wir eine Pause einlegten.

Keiner der drei ging darauf ein, nur Liz erwiderte etwas. „Ist doch egal! Solange sie uns nicht alle im Schlaf umbringen habe ich kein Problem mit ihnen."

Kirren sagte etwas darauf, doch was konnte ich nicht mehr verstehen, da ich meine Aufmerksamkeit jemand anderem schenkte.

„Was macht ihr wirklich hier, Kai?"

Dieser seufzte und sah mich mit müden Augen an. „Ich habe es schon gesagt. Wir wollten dich retten."

„Wovor?" Ich hob meine Augenbrauen und sah im Augenwinkel, wie Jonas mich anstarrte.

„Vor Hannah."

„*Sie* hat mich gerettet, mich wie eine Schwester aufgenommen und mir versucht zu helfen. Und ihr wollt mich von ihr befreien?" *Ich darf ihnen nicht vertrauen und schon gar nicht glauben!,* rief ich mir in Erinnerung.

„Sie ist eine Schlange! Sie macht böse Miene zum gutem Spiel."

„Ich kann nicht glauben, dass du ihr glaubst!" Der blonde Prinz kam auf mich zu und musterte mich.

„Und warum nicht?", fragte ich und bemühte mich so viel Zynismus wie möglich in die Frage zu legen.

„Weil du mehr Köpfchen besitzt als sie!" Er sah mir direkt in die Augen, als versuchte er etwas zu finden. „Du glaubst es eh nicht, oder? Du hast von Anfang an daran gezweifelt, dass sie die Wahrheit sagt, du willst es nur nicht wahrhaben, weil es das Einzige ist, an das du dich klammern kannst!"

Ein dicker Kloß machte sich in meinem Hals breit. Ich schlug die Augen nieder, er hatte Recht. Mit leiser Stimme flüsterte ich: „Du weißt nicht, was ich in den letzten Tagen durchgemacht habe. Du hast keine Ahnung wie es ist, plötzlich in einer anderen Welt aufzuwachen und nicht einmal seinen Namen zu kennen." Meine Stimme wurde härter und ich blickte ihm jetzt direkt in die Augen. „Aber du hast Recht, mir hat immer etwas gesagt, dass Hannah mich anlügt, aber das heißt nicht, dass *ihr* die Wahrheit sagt."

„Vielleicht die Tatsache, dass du meine kleine Schwester bist."

Sein Blick bohrte sich in meinen, doch ich wagte es nicht wegzusehen.

„Und wie willst du mir das beweisen?" Ich hob eine Augenbraue und starrte zurück.

„Hört auf ihr beiden! Wir müssen weiter." Kai trat zwischen uns und unterbrach somit unseren Blickwechsel.

Ich werde einfach niemandem glauben!, beschloss ich in Gedanken.

„Sei bitte einmal naiv genug, um ihm zu glauben", kam es von Liz, die hinter mich trat und mich weiterzog.

Also bin ich wirklich seine Schwester?

Sie presste die Lippen aufeinander, was mir jedoch Antwort genug war. Ich nickte und wandte mich zu den anderen um. „Na gut, wir gehen."

„Wir alle?", fragte Kirren und verschränkte die Arme. „Du vertraust ihnen jetzt also?"

„Ihnen nicht, aber Liz."

28

Wie kann ein so kleines Mädchen Sophies tiefstes Vertrauen erhalten?

„Das ist ganz einfach, ich kenne ihre Vergangenheit." Das Mädchen blieb stehen und wartete, bis ich es eingeholt hatte.

Sophie blickte über ihre Schulter, machte aber keinerlei Anstalten ebenfalls stehen zu bleiben.

„Du liebst sie."

„Was?" Ich zog eine Augenbraue hoch und blickte sie verständnislos an.

Die Kleine quittierte es mit einem Augenrollen und sagte: „Man muss nicht Gedankenlesen können, um das zu sehen."

„Aber du kannst es, oder?"

Sie grinste mich an und beschleunigte wieder ihre Schritte, um Sophie einzuholen.

„Mach dich nicht so fertig, du kannst nichts dafür, dass sie ihre Erinnerungen verloren hat." Marik stapfte neben mir her.

„Ich hätte sie mehr beschützen sollen. Ich hätte es früher zum Schloss schaffen sollen ..."

Doch er unterbrach mich und sah mich genauso an wie ich mich fühlte: „Nicht nur *du* hättest es besser machen können. Ich hätte es ihr viel früher sagen sollen, sie darauf vorbereiten."

„Du verstehst nicht ...", Marik unterbrach mich abermals.

„Ich verstehe nicht? Sie ist meine kleine Schwester, fast fünfzehn Jahre habe ich nach ihr gesucht, ich habe sie gefunden und wieder verloren. Ich verstehe sehr gut, was du jetzt fühlst."

„Tut mir leid." Ich seufzte. „Ich habe es nur aus meiner Sicht gesehen. Aber ich verspreche dir, ich werde nicht zulassen, dass ihr je wieder etwas passiert." *Nie wieder!*

Marik lachte leise und sagte: „Das würdest du auch tun, wenn Hannah auf unserer Seite wäre."

Ich hätte nie gedacht einmal froh darüber zu sein, dass es Marik gab. „Danke."

Er nickte und wandte sich zu dem Jungen um, der uns ständig mit seinen Blicken erdolchte. „Wer bist du?"

„Das geht euch nichts an!", fauchte dieser.

„Kirren! Komm her." Sophie, die vor uns lief, hatte sich umgedreht und sah ihn erwartungsvoll an.

Kirren nickte sofort und holte sie ein. Kurz bevor sie sich wieder umdrehte begegneten sich unsere Blicke und da wusste ich, dass sie sich wieder erinnern würde.

„Können wir hier ein Nachtlager aufschlagen? Ich bin hundemüde", hörte ich Sophie fragen.

„Wir müssen noch etwas weiter, wir sind noch zu nahe am Turm."

Sophie ließ sich trotzdem auf den Boden fallen und sagte: „Gut. Aber ich brauche eine Pause."

Kirren wollte nach ihrer Hand greifen und sie weiterzerren, doch Marik stellte sich zwischen sie. „Sophie braucht eine Pause!", donnerte er und musterte Kirren mit einem Blick, den früher immer ich abbekommen hatte.

„Er hat Recht." Liz, das kleine Mädchen, kniete sich zu Sophie auf den Boden und legte ihr die Hand auf die Stirn. „Sie braucht Ruhe, ihr geht es schlechter."

„Nein, nein!", Sophie lachte müde. „Ich brauche nur kurz eine Pause, dann können wir wie …", doch in diesem Moment war sie schon eingeschlafen. Sie sank neben Liz, die ihr sanft die Haare aus der Stirn strich.

„Also gut, dann bleiben wir diese Nacht hier", sagte Kirren, als wäre dies nicht schon längst beschlossen.

„Ich schiebe Nachtwache", sagte ich und lehnte mich an einen Baum.

Es dauerte nicht lange und auch die anderen waren eingeschlafen, selbst Kirren, der eigentlich auch einen auf Wache machen wollte, natürlich nur weil er mir nicht traute, lag schon nach wenigen Minuten im Tiefschlaf.

Es war eine unendlich ruhige Nacht, hin und wieder streifte ein leichter Windhauch die Blätter, oder man hörte noch die letzten Vögel singen.

Ich stand auf und ging zu Sophie und Liz, die zusammengerollt auf dem Boden lagen und friedlich schliefen. Als ich spürte wie sich ein Lächeln auf meine Lippen schlich, während ich sie betrachtete.

Seufzend drehte ich mich um und sah mich um. Kai und Marik hatten sich Rücken an Rücken hingesetzt und waren so eingeschlafen. Kirren lag mit dem Dolch in der Hand an einen Baum gelehnt und schnarchte leise vor sich hin.

Ohne zu zögern kletterte ich auf einen der Bäume hinauf und setzte mich auf einen der Äste. Von hier aus hatte ich einen perfekten Blick durch das Blätterdach auf die Sterne. *Es sind wirklich nicht mehr viele,* schoss es mir durch den Kopf. Ich spürte wie sich etwas Weiches und unglaublich Glitschiges um meinen Nacken legte. Ruhko, jedenfalls hoffte ich das.

In den letzten Tagen war sie immer wieder zu mir gekrochen, als welches Tier auch immer, nur der Drache war nicht wieder zum Vorschein gekommen. Auf jeden Fall aber war ich gespannt, wann sie sich Sophie zeigen würde.

Plötzlich ertönte hinter mir ein leises Knacken und jemand fluchte. Ich schnellte herum und sah, wie sich eine Gestalt neben mir auf den Ast sinken ließ. In der Dunkelheit konnte ich nur schwer erkennen wer es war, doch als ich die Stimme hörte wusste ich es. Sophie!

„Es ist eine wunderschöne Nacht", gähnte sie und legte ihren Kopf an meine Schulter.

Sie hatte wirklich ihren Kopf auf meine Schulter gelegt! Ich war mit der Situation total überfordert und als sie weiter sprach konnte ich nicht anders als sie anzustarren.

„Es ist genauso wie damals, als ich mit dir vor dem Wolf geflüchtet war. Wir haben uns am Abend die Sterne angesehen, auf der großen Eiche, weißt du noch?"

„Du erinnerst dich?!"

Sie gähnte und antwortete. „Nein … es kommen mir nur immer wieder Bilder in den Kopf, die ich einfach nicht zuordnen kann, Dinge, bei denen ich nicht weiß, ob sie wirklich passiert sind."

„Es war genauso wie jetzt. Du hast in den Sternenhimmel gesehen und warst wie verzaubert, fasziniert von ihnen. Deine Augen haben gestrahlt, du hast gestrahlt!"

Die letzten Worte flüsterte ich nur, da ich merkte, dass sie eingeschlafen war.

Das hier war mein Mädchen. Ich legte einen Arm um sie und zog sie näher. *Sie wird es schaffen sich zu erinnern!*

29

„WO sind sie?!!" Ich schäumte vor Wut und ließ sie an jedem aus, der mir über den Weg lief aus.

„Madame Hannah, wir haben zu wenig Leute, wir können nicht den ganzen Wald in den verbleibenden Tagen absuchen."

„Dann werde ich euch, wenn ihr verdammt noch mal so unfähig seid, unter die Arme greifen", knurrte ich und lief an dem alten General vorbei.

Ich schlug die Tür zum Balkon auf und trat bis ans Geländer. Die Wut, die in mir kochte, gab mir die Kraft und die Macht eine Armee von einer Größe aufzustellen, die ich noch nie erschaffen hatte.

Bei meiner Geburt wurde mir die Gabe geschenkt, Dinge aus Eis zu erschaffen und sie zu kontrollieren. Als ich klein war hatte ich mir Freunde zum Spielen erschaffen und Leute, die mich beschützten. Obwohl ich keine Königliche war, schenkte mir diese Welt eine besondere Gabe und das war ein Zeichen.

Ich hob meine Arme und ließ hunderte Eis-Soldaten zum Leben erwachen.

Wie in Zeitlupe wandte ich mich zum General um und sagte: „Sind das nun genug Leute?“

Dieser schluckte und nickte.

„Worauf wartest du dann noch?! Holt mir die Prinzessin zurück!!“

30

Ich hatte längst aufgehört die Tage zu zählen. Es könnten Wochen sein, aber auch nur wenige Stunden.

Wir alle haben wenig geschlafen und waren hundemüde, doch eine unsichtbare Macht trieb uns weiter.

Kirren war ständig gereizt und ließ seine ganze Wut an den Prinzen aus, indem er sie anstachelte und sie aufregte.

Liz und Kai waren die Ruhe in Person, das einzige Zeichen ihrer Müdigkeit waren die tiefen Augenringe.

Jonas war unermüdlich, er trieb uns weiter und übernahm größtenteils die Nachtwache. Das Einzige, was ihn aufregte, waren Kirrens Sticheleien. Dauernd hackte dieser an ihm herum und versuchte ihn zu überzeugen, dass er mich auch ohne seine Hilfe in Sicherheit bringen konnte. Marik blieb meistens ruhig, nur einmal packte er Kirren und hielt ihm die Klinge seines Schwerts an die Kehle.

In diesem Fall war es Jonas, der einschritt, ihm ging Kirren genauso auf die Nerven, doch ich glaube, er hielt sich meinetwegen zurück.

Ich weiß nicht, wie ich es genau ausdrücken soll, aber ich sprach nicht mehr viel. Es kostete zu viel Kraft. Tag für Tag wurde ich schwächer, ich brauchte mehr Pausen und brach oft auf steileren Wegen einfach zusammen. Jonas beharrte mehrmals darauf, dass er mich tragen konnte, doch das konnte ich von ihm nicht verlangen. Also beschäftigte ich mich damit darüber nachzudenken, wie ich diese Welt retten konnte.

Marik hatte mir von der Prophezeiung erzählt, er hat mir gesagt, dass es an mir lag, das Magische Reich zu retten. Doch auf das *Wie* hatte niemand eine Antwort.

Die drei Prinzen hatten längst aufgegeben mir meine Vergangenheit zu erzählen, da ich nicht wusste, ob ich ihnen trauen konnte. Auch Liz sagte, ich müsste es selbst herausfinden, da ich nur auf diesem Weg zu der Prinzessin werden würde, die dazu bestimmt war, die Prophezeiung zu erfüllen.

Ich seufzte in mich hinein und ließ die Schultern hängen. Schon als kleines Kind hatte ich Geschichten, Sagen und Märchen geliebt und immer schon davon geträumt eines Tages meine eigene zu schreiben. Also selbst ein Abenteuer zu erleben, eines, das ich meinen Kindern erzählen konnte. Doch wovon ich auch immer geträumt hatte, das hier war zu viel.

Erst jetzt kam mir der Gedanke, dass wir Menschen uns nur ein Abenteuer wie in den Büchern wünschen, weil uns unser eigenes Leben zu langweilig war, weil wir wie im Märchen unser eigenes Happy End schreiben wollten. Doch dabei vergaßen wir immer wieder, dass wir vor einem Hoch immer wieder ein Tief brauchten.

Es ist wie beim Radfahren, die Anzahl der Meter, die du einen Berg hinauffährst, musst du auch wieder zurück hinunter.

„Wo sind wir hier?“, fragte ich leise.

Der Wald hier war viel dunkler und unheimlicher. Es schien als wäre das kleinste bisschen Energie längst erloschen, als hätte alles Leben schon vor langer Zeit aufgegeben zu kämpfen.

„Ich habe …“, Kirren wollte gerade antworten, doch Jonas drückte ihm die Hand auf den Mund.

Mit angehaltenem Atem lauschten wir in die Stille.

Ich musste mich ungeheuer anstrengen, um es zu hören. Schritte. Hunderte, tausende oder mehr. Zuerst hörte man sie nur aus der Ferne, doch mit einer ungeheuren Geschwindigkeit kamen sie näher.

„Hannah." Liz war die Erste, die sich aus der Erstarrung löste. „Wir dürfen keine Zeit verlieren, lauft!"

Aber keiner von uns rührte sich, wir wussten, dass keine Chance bestand zu fliehen.

„Geht! Ich werde sie aufhalten!" Marik zog kampfbereit sein Schwert.

„Nein! Kommt nicht in Frage!" Ich stellte mich vor ihn. „Es wird keiner zurückbleiben!"

„Geh", sagte er mit leiser Stimme und schob mich sanft zurück.

„Nein!", sagte ich hart, doch meine Stimme brach.

„Nein", wieder wollte ich mich ihm in den Weg stellen, doch eine warme Hand hielt mich zurück. Schon liefen mir heiße Tränen über die Wangen und ich starrte Marik an.

Dieser blickte fest in den Wald und konzentrierte sich auf die Schritte, die ständig näherkamen.

„Nein", flüsterte ich abermals.

Jetzt sah er mich an und legte mir eine Hand an die Wange. „Geh, rette diese Welt."

„Ich schaff das nicht ohne dich." Behutsam strich er mir mit dem Daumen eine Träne von der Wange und sah mich lange an. „Oh doch, Luna. Du bist stärker als man auf den ersten Blick erkennen kann. Hannah unterschätzt dich, nutze diesen Vorteil."

Ich schluckte. „Und was wird aus dir?"

„In drei Tagen, bei Sonnenuntergang, komm zum Waldrand, dorthin, wo Nero dich aufgespürt hat, dorthin, wo ich dich zum ersten Mal gesehen habe. Komm, ich werde dort auf dich warten." Marik ließ mich los und richtete seinen Blick auf Jonas.

Dieser sah ihm fest in die Augen und nickte.

„Nein", flüsterte ich. *Ich weiß ja nicht einmal wo das ist.*

Da packte mich Jonas von hinten und hob mich hoch. „Nein!!!!" Ich wollte mich von Jonas losreißen, doch dieser hielt mich fest in seinen Armen und rannte tiefer in den Wald hinein. *Nein!*

Ich vergrub mein Gesicht an Jonas' Hals, ich wollte nicht sehen, wie Marik hinter den Bäumen verschwand.

In diesem Moment wollte ich einfach aufgeben. Mich einfach auf den Boden setzen und warten, was auch immer danach passieren würde, wäre einfacher als weiter zu kämpfen.

Lass sein Opfer und seinen Mut nicht umsonst gewesen sein!, rief eine Stimme in mir und ich vertraute ihr.

Plötzlich spürte ich etwas in mir, eine Art Energiewelle, die mir Kraft gab. „Lass mich runter", sagte ich zu Jonas, der mich augenblicklich zu Boden sinken ließ.

Ich drehte mich um und erstarrte. Durch die Baumreihen hindurch konnte ich eine Lichtung erblicken und auf der Lichtung etwas, das mir den Atem verschlug. Eine riesige Ruine. Langsam schritt ich auf die Lichtung zu und staunte. Ein Schloss, größer als alles, was ich je gesehen hatte. Riesige Türme ragten in den Himmel, eine Allee mit riesigen Eichen führte durch einen Garten mit tausenden verschiedenen Blumen, Wunderschöne Fahnen wehten auf den Dächern und die Luft war erfüllt von Musik. In der Luft war das Geräusch von riesigen Schwingen zu hören und die Besitzer dieser gewaltigen Flügel waren Drachen. Echte Drachen kreisten um die Türme, während sich Leute in den Gärten tummelten und auf den Palast zuströmten.

Auf den Treppen zu den Toren des Schlosses stand ein Mann mit seiner Frau, beide hatten wunderschöne Kronen aus strahlendem Gold auf den Häuptern und in den Armen der Frau lag ein Kind, dessen Lächeln den Himmel erhellte.

Als ich blinzelte verschwand das Bild und ich starrte auf eine trostlose Landschaft. Doch auch als ich mir die Augen rieb blieb das Bild der Ruine.

Von den Türmen waren nur mehr ein paar Mauern stehen geblieben, von dem zauberhaften Garten war nur mehr ein vertrockneter Boden übrig. Und der leuchtende Himmel war von schweren Gewitterwolken bedeckt.

„Was ist das hier?", fragte Kirren in die Stille hinein.

„Ich habe das hier", Jonas machte eine Geste, „so etwas noch nie gesehen."

Vorsichtig machte ich ein paar Schritte auf die Lichtung hinaus.

„Bleib hier“, sagte Liz, die noch völlig außer Atem war. „Wir wissen nicht, was das hier ist.“

Doch ich ging weiter, ich sah nur das kleine Kind und dessen strahlendes Lächeln vor mir.

Ich lief auf die Stelle zu, an der das Königspaar gestanden hatte. Von den Stufen war zwar nicht mehr viel übrig, doch ich musste die Landschaft von dort oben sehen.

Wunderlicher Weise schaffte ich es ohne Stolpern hinauf. Doch oben angekommen hatte ich das Gefühl überrollt zu werden.

Mit einem Mal sah ich diese Welt wieder durch die Augen des kleinen Kindes.

Warme Luft schlug mir entgegen und ich vernahm fernes Rauschen. Dann war ich plötzlich nicht mehr das kleine Kind in den Armen seiner Eltern. Ich war nicht mehr als einen Meter groß und tollte durch den wunderschönen Garten. Ich lief einem Schmetterling hinterher, bis ich vor einem See stand. Welcher ebenso schön war, er glänzte in einem tiefblauen Ton und schlug sanfte Wellen. Der See war so riesig, dass ich nicht einmal bis ans andere Ende blicken konnte und doch wusste ich, an welchem See ich da stand.

Als sich das kleine Kind, durch dessen Augen ich sah, wieder umwandte, war ich wieder ich selbst.

Ohne genau zu wissen warum rannte ich die Stufen hinunter und lief um eine der übriggebliebenen Mauern herum. Und da war er, der See, nur nicht mehr in dem wunderschönen Blau, sondern pechschwarz. Ich stand am Schwarzen See. Als ich plötzlich hörte, wie etwas sanft neben mir landete. Ich blickte mich danach um und dachte zuerst, ich würde wieder durch die Augen des Kindes sehen, als ich den silberblauen Drachen neben mir erblickte. Doch als er mich anblickte wusste ich, wer er war. Mein Meerschweinchen, das Reh, welchem ich in diese Welt gefolgt war, der kleine Vogel, das Eichhörnchen und der Hase … Warum war mir das nicht schon vorher aufgefallen? Diese Augen waren unverwechselbar! „Du bist mein Beschützer, habe ich Recht?“

Wie zur Antwort leuchtete das Sternbild auf meinem Arm auf und der Drache neben mir schwang sich als kleiner Rabe in die Luft.

Doch ehe ich mich freuen konnte wurde nach mir gerufen.

„Sophie, sieh dir das an", schrie mir Liz zu, die ebenfalls auf die andere Seite der Mauer gekommen war. Sie stand mitten in den Trümmern des Schlosses.

Vorsichtig lief ich zu ihr, dabei musste ich einige Steine und riesige Felsbrocken umrunden. Auch Jonas, Kai und Kirren kamen zu uns und sahen in das gigantische Loch.

Dort, wo meiner Meinung nach einst der Thronsaal gewesen sein musste, war jetzt ein riesiger Krater, aus dem immer noch Rauch quoll.

„Was ist hier passiert?!" Kai starrte entgeistert in die Tiefe.

„Der Meteorit", flüsterte ich. Da wurden alle Blicke auf mich gerichtet. „Du erinnerst dich?", fragte Jonas und kam auf mich zu.

„Ja. Ich denke schon", sagte ich leise und konnte es selbst kaum glauben. „Du hast mir von dem Meteoriten erzählt, als wir am anderen Ende des Goldstaubwaldes waren, kurz bevor Mariks Wölfe aufgetaucht waren." Eben hatte ich noch in die Tiefen gestarrt, doch jetzt blickte ich Jonas in die Augen und sagte: „Ich kann mich erinnern, an alles!"

Meine Begeisterung hielt sich jedoch in Grenzen, da mir meine Vergangenheit Angst einjagte.

Doch Jonas strahlte. Er packte mich an der Taille und wirbelte mich durch die Luft. Dabei lachte er und in seinen Augen konnte ich sehen, wie sehr er an mich geglaubt hatte. Und dabei musste auch ich lachen.

„Wie schön für dich!" Eine Stimme, triefend vor Ironie und Hass, hallte über die Lichtung.

Jonas ließ mich augenblicklich los und blickte in die Richtung, aus der die Stimme gekommen war.

„Entschuldigung, dass ich nicht vor Freude hüpfe, aber ich werde das noch, nachdem ich meinen Platz eingenommen habe." Hannah trat zwischen den Bäumen hervor und hinter ihr eine

Armee aus Eis. Ich spürte wie der kleine Fuchs neben mir knurrte und bereit war, sich auf Hannah zu stürzen.

„Du hast mich angelogen! Du warst es, die mich entführt hat, du hast mir meine Erinnerungen genommen!“, schrie ich und entfernte mich vom Krater.

„Ach, Schätzchen. Das war nur zu deinem Besten, wenn du im Turm geblieben wärst, nicht deinen Erinnerungen nachgetrauert hättest, dann hätte auch dein Bruder nicht daran glauben müssen. Aber nein, du musstest ja unbedingt diese Welt retten und die Heldin spielen.“ Hannah kam auf mich zu und lächelte mich böse an.

„Warum? Warum tust du mir das an?“, fragte ich mit zitternder Stimme.

„Warum?“ Sie lachte leise. „Weil du auf meinem Platz sitzt. Meine Mutter war deinem Vater versprochen, doch dieser verliebte sich in ihre Schwester, deine Mutter! Es brach meiner Mutter das Herz, sie war am Boden zerstört und musste diesen Tunichtgut von Herzog heiraten. Ihr Leben war zerstört, sie hätte eine Königin sein können. Und mit diesem Gedanken zog sie ihr einziges Kind groß, mich. Sie wollte für mich besseres Leben als das, das sie hatte, sie wollte mir ein eigenes Königreich schenken.“

„Aber was hat das mit mir zu tun?“, fragte ich sanft, merkte aber wie sich Jonas und Kai hinter mir aufstellten.

„LASS mich zu Ende erzählen“, fuhr sie mich an und kam ein paar Schritte näher. „Als ich magische Fähigkeiten entwickelte wusste sie, dass ich dazu bestimmt war, die Prophezeiung zu erfüllen. So entführte sie die neugeborene Prinzessin. Sie brachte sie in die Menschenwelt, wo sie nie wieder jemand finden sollte. Doch meine Mutter war zu weich! Sie gab dich zu einer Familie, die lernte, dich zu lieben.

Ich weiß nicht, wie du es zurück in diese Welt geschafft hast, ob es ein Unfall war oder Schicksal. Aber eines weiß ich, *du* gehörst nicht auf diesen Thron!!“

Einen kurzen Moment lang stand ich einfach nur da, ich konnte die Umgebung nur mehr schwach und verschwommen wahrnehmen, als ich wieder das kleine Kind vor mir sah.

Es lief Richtung Schloss, doch kurz bevor es in die Arme seiner Mutter geschlossen wurde, drehte es sich um, und sah mir in die Augen, von diesem Moment an wusste ich, was zu tun war.

Blitzschnell war ich wieder bei mir und sagte: „Wenn du dazu auserwählt bist, diese Welt zu retten, dann mach es bitte. Es soll nicht meine Schuld sein, dass alle sterben, und dass nur weil ich dir im Weg stand. Rette diese Welt!"

Ich fiel auf die Knie und senkte den Blick. Im Augenwinkel sah ich wie Hannah mit der Hand ein Zeichen gab, augenblicklich schloss sich eine Hand um meine Brust und ein Dolch wurde mir an die Kehle gelegt. Kirren.

Jonas wollte zu uns, doch Hannah erhob wieder ihre Stimme. „Ein falscher Schritt und sie muss daran glauben." Sie lachte. „Was glaubt ihr, wie ich euch gefunden habe? Genau, Kirren. Möchtest du es ihnen erzählen?"

„Ich bin treu ergebener General Eurer Armee, meine Königin." Ich spürte wie sich Kirren aufrichtete und stolz das Haupt neigte.

Langsam traten die Soldaten aus Eis näher. Kai und Jonas wurden gewaltsam zu Boden gedrückt. Selbst Liz bekam die Hände auf den Rücken gedreht.

Hannah ging vor mir in die Hocke und nahm mein Kinn in die Hand. „Eines kannst du dir sicher sein, kleine Prinzessin, ich werde diese Welt retten, und meinen Platz am Thron des neuen Königreichs einnehmen."

Doch ich schloss die Augen und schüttelte den Kopf. Darauf krallte Hannah ihre Fingernägel in meine Haut und versuchte mich zu zwingen sie anzusehen, doch ich war längst nicht mehr bei mir.

Wieder sah ich das kleine Kind vor mir. Es lief durch die Eichenallee direkt auf mich zu. Das Mädchen lachte als es über den Weg lief und es schien als würde das Strahlen seines Lächelns den Himmel erhellen. Nur ein Stück vor mir blieb es stehen und holte die Hände hinter ihrem Rücken hervor. In den zarten Händchen hielt das Mädchen ein wunderschönes goldenes Diadem, es hatte wunderschöne glasblaue Kristalle eingeschlossen.

Das Mädchen hob es hoch und blickte mich mit seinen strahlend blauen Augen an. Und in diesen Augen sah ich mich selbst.

Kurz bevor ich die Augen schloss spürte ich wie mir etwas auf den Kopf gesetzt wurde.

Ich schlug sie wieder auf und starrte direkt in Hannahs hasserfüllte Augen.

Sie schnaubte vor Wut. „Das ist meine Krone!!" Ihre Stimme klang unglaublich schrill, als sie mir das Diadem vom Kopf riss.

Es fühlte sich an als wäre mir mit einem Mal alle Kraft und Energie entzogen worden.

Müde blickte ich Hannah an, die aufgestanden war und sich auf der Lichtung umsah. Sie lachte überlegen und setzte sich die feine Krone auf ihr Haupt.

In diesem Moment riss sich Jonas von den Soldaten los, er zog sein Schwert und wollte sich auf Hannah stürzen, doch diese hob ihre Hand und feuerte einen Lichtstrahl auf ihn ab.

Bevor der Strahl ihn traf verlor er an Leuchtkraft und zerfiel zu Staub. „Was?", schrie sie und blickte auf ihre Hände.

„Dem, der sie trägt, verleiht sie unendliche Macht, doch nur dem, den sie bestimmt, gibt sie die Macht", flüsterte Liz und blickte mich an.

„Nein!", schrie Hannah schrill und sah mich voller Wut an.

Da begann das Diadem in ihren Haaren zu zerbröckeln und sich aufzulösen. Ein sanfter Wind wehte die Asche aus ihren Haaren.

Auf einmal ging ein Ruck durch die Erde und weitere Teile der Ruine brachen ein. Über unseren Köpfen türmten sich riesige Gewitterwolken und die ersten Blitze zuckten über den Himmel.

Schnell stieß ich Kirren meinen Ellbogen in die Rippen, Kirren stürzte, ohne mich mit dem Dolch zu verletzen, zu Boden.

Jetzt oder diese Welt bricht in sich zusammen!, schrie eine Stimme in mir.

Ich sprang auf und lief los. Ich spürte wie sich der Schatten des kleinen Drachen über mich legte und er sich wandelte.

Ich merkte, dass Hannah mir nachlief und versuchte mich aufzuhalten.

Als ich den Krater erreichte überrollte mich die Angst. *Was wenn ich es nicht schaffe?* Ich schloss die Augen und konzentrierte mich auf die Energie in mir, sammelte jeden Funken Licht, den ich besaß. Doch in diesem Moment riss Hannah mich zu Boden.

Sie begrub mich unter sich und hinderte mich daran mich zu wehren. „Gib auf, du kannst nicht gegen mich ankämpfen!“, zischte sie.

„Nein! Niemals werde ich aufgeben! Ich kann nicht tatenlos dabei zusehen, wie sich eine eigene Welt, ein Reich auflöst und hunderte ins Verderben reißt!“

„Wenn du nie gekommen wärst, würde diese Welt auch nicht untergehen!“

„Oh doch! Jeden Moment verliert sie an Kraft. Du glaubst, du kannst sie retten? Dann sag mir wie!“ Ich sah ihr in die Augen und hielt den Atem an.

Hannah riss die Augen auf und blickte mich an. Dann nickte sie langsam und ließ mich los. „Rette diese Welt.“

Ich richtete mich auf und blickte in den Abgrund. Plötzlich vernahm ich wieder das Kreischen in meinem Inneren, doch es war zu spät.

Mit einem Ruck stürzte ich über die Kante. Ich griff nach Hannahs Hand, doch diese lachte höhnisch und wandte sich von der Klippe ab.

Der Fall schien unendlich. Ich sah wie sich der kleine Drache über die Kante des Kraters stützte und versuchte mich aufzufangen. Doch als sich die Flügel des Wesens um mich legten war es zu spät. Mit voller Wucht schlugen wir auf, und meine Gedanken wanderten an den Rand meines Bewusstseins. *Lieber ich als hunderte,* dachte ich und nahm die in mir gesammelte Energie und schickte sie mit letzter Kraft dort hin, wo es mich seit meiner Ankunft hinzog …

31

Ich war zum Krater gestürzt, als Hannah, nur Hannah, aus dem Rauch hervortrat. Sie lachte mich böse an und kam auf mich zu, als plötzlich gleißendes Licht aus dem Krater hervorbrach.

Nein!!! Sophie!!

Eine Welle aus Licht überrollte uns und schleuderte uns zu Boden.

Ich spürte wie mir das Licht Kraft gab und nicht nur mir. Kai, der abgekämpft am Boden lag, rappelte sich auf und wie von Zauberhand verschwanden seine Wunden.

Hannahs Eis-Soldaten schmolzen und Kirren wurde hoch in die Luft gehoben. Am Himmel rissen die Wolken auf und eine strahlende Sonne erhellte das Schlachtfeld.

Damit geschah ein Wunder. Rund um uns herum blühten Blumen auf und die riesigen Bäume strahlten in ihrer alten Schönheit.

Selbst der Boden riss auf und alles passierte, als liefe die Zeit rückwärts. Gesteinsbrocken flogen durch die Luft und setzten sich an ihren Platz, bis der gesamte Palast in seiner Pracht vor uns stand. Und obwohl eine strahlende Sonne über uns stand, konnte ich jeden einzelnen Stern leuchten sehen.

Ich staunte nicht schlecht. Vor mir entstanden Treppen zu riesigen Toren und zwei gigantische Türme ragten in den blauen Himmel. *Wow!*

„Das verlorene Königreich des Lichts!“, sagte Liz, die neben mich getreten war.

„Seht ihr, es war immer schon meine Bestimmung“, kam es von Hannah, die mir von hinten die Hand auf die Schulter legte.

„Nein“, sagte ich und wischte ihre Hand weg. „Das warst nicht du.“

Dann rannte ich. Liz und Kai folgten mir wortlos die Treppen zum Tor hinauf.

Ich zögerte kurz und blieb stehen, doch dann schlug ich die Tore auf und stürmte hinein.

Der riesige Saal, der mich erwartete, war hell erleuchtet. Riesige Fenster ließen das Sonnenlicht herein und spiegelten die Farben der bunten Wandteppiche wider.

Doch dann erschrak ich. „Sophie!“

Ein Mädchen, mein Mädchen, lag mitten im Saal auf dem Boden in den Schwingen ihres Beschützers. Sie war in ein weißes seidiges Gewand gekleidet und trug auf ihrem Haupt die wunderschöne Krone des Lichts.

Epilog

(Für die, die ein Ende brauchen.)

32

Ich atmete tief durch und fummelte an meinem Kleid herum.

Jonas legte mir zur Beruhigung eine Hand auf die Schulter und mich überflutete eine Welle aus Leichtigkeit. Wir hatten es wirklich geschafft.

Liz neben mir kicherte. „Sei nicht so nervös. Es ist ja nicht so als würden wir dich den Drachen zum Fraß vorwerfen. Es sind ja nur …" Nach diesen Worten spürte ich wie Ruhko zustimmend knurrte und sich von der Schlange um meinen Hals in einen kleinen Raben verwandelte und auf meiner Schulter Platz nahm.

„Kommt schon, lasst uns eintreten", sagte Kai, der gelangweilt an der Tür lehnte.

„Okay", sagte ich, und atmete abermals tief durch.

Doch in genau in dem Moment, in dem ich klopfen wollte, wurde die Tür von innen geöffnet.

Der Diener, der öffnete, erschrak und fuhr zurück. „Was ist los?" Eine klare seidige Stimme hallte durch den Saal, doch der Diener versperrte die Sicht. „Nun öffnen Sie schon die Tür."

Wortlos nickte er und machte die Tür zur Gänze auf.

Der Saal war wunderschön. Zwar nicht so erleuchtet und hell wie der Saal in *meinem* Schloss.

In der Mitte des Raumes saßen eine sehr schöne Frau und ein gutaussehender Mann. Beide hatten sie silberne Kronen aus Eis in den Haaren und trugen prachtvolle Gewänder.

Neben dem Thron standen drei junge Männer. Einen von ihnen erkannte ich als Archer, den ältesten Prinzen, der damals mit Hannah am Schwarzen See war. Die anderen beiden hatte ich noch nie gesehen, doch alleine vom Aussehen erkannte ich, dass es Mariks Brüder waren. *Marik* …

Als die Königin und der König mich erblickten klappten ihnen die Münder auf. Es war unglaublich still im Saal, keiner sagte etwas.

Langsam erhob sich die Königin von ihrem Thron und kam auf mich zu. „Nach so vielen Jahren …“, ihre Stimme zitterte, „wie ist das möglich?“

Ich schluckte schwer und musste gegen die Tränen ankämpfen. Dann hatte sie mich erreicht. „Luna!“ Sie schrie es, aber gleichzeitig war es ein Flüstern. Die Königin schloss mich fest in die Arme und ich spürte wie ihre Tränen auf meine Schultern tropften. Und da war es auch mit mir vorbei. Ich schluchzte in die Robe meiner Mutter und drückte sie fest an mich.

Auch der König kam zu uns und gemeinsam sanken wir in der Umarmung zu Boden, bis auch die drei Prinzen uns folgten. Gemeinsam knieten wir am Boden und lagen uns in den Armen.

Zum ersten Mal fühlte ich mich zuhause, *zuhause.*

„Du hast es wirklich geschafft! Luna.“

Ich riss die Augen auf als ich meinen Namen hörte, diese Stimme würde ich unter hunderten erkennen.

Schnell löste ich mich aus der Umarmung und sprang auf. Ich blickte mich im Saal um und entdeckte ihn, als er hinter dem Thron hervorkam.

Er humpelte leicht und einer seiner Arme war fest verbunden, doch mich hielt nichts mehr. Ich stürzte mich auf ihn und zog ihn in eine Umarmung. *Marik*!

Und schon wieder fing ich zu heulen an. Er war wirklich hier!

„Du warst nicht im Wald!“, flüsterte ich und schniefte an seiner Brust.

„Weißt du, mit so einem Bein kann man sehr schlecht in einen Wald laufen“, er lachte und drückte mich an sich.

Als ich mich nach einiger Zeit wieder von ihm löste blickte ich mich im Saal um und strahlte.

Der König, also mein Vater, legte mir seine Hände auf die Schultern und sagte: „Meine Luna, meine Prinzessin, meine Königin, du hast uns alle gerettet.“

Für alle, die es unbedingt wissen wollen, ja, ich bin jetzt die Königin des vierten Königreichs.

Hannah hat einen Neuanfang gemacht, sie hat versprochen sich zu bessern, tja, was soll ich sagen, mal sehen, ob sie das schafft.

Das Schloss am Schwarzen, jetzt Blauen See, ist nun mein Zuhause. Ich bin zwar immer noch damit überfordert über mein Reich zu herrschen, doch mir wurde ein überaus freundlicher Berater zu Seite gestellt. Uunndd … Jonas, naja. Abgesehen davon, dass er mir einen Antrag gemacht hat, ist nicht viel passiert.

Also, wie man am Ende eines Märchens immer sagt:

Ende gut, alles gut.

Die Autorin

Julia Lepschi wurde 2007 im oberösterreichischen Mühlviertel geboren. Sie absolviert derzeit das Bundesgymnasium.
Nach der Volksschule hat sie neben der Wissenschaft das Lesen für sich entdeckt. Doch als ihr der interessante Lesestoff ausging, hat Julia Lepschi mit ihren erst dreizehn Jahren begonnen, ihr eigenes Kopfkino niederzuschreiben und ein Buch zu verfassen.
„Das Herz aus Licht" ist die erste Veröffentlichung der jungen Autorin mit ganz großem Talent!

novum VERLAG FÜR NEUAUTOREN

Der Verlag

Wer aufhört besser zu werden, hat aufgehört gut zu sein!

Basierend auf diesem Motto ist es dem novum Verlag ein Anliegen neue Manuskripte aufzuspüren, zu veröffentlichen und deren Autoren langfristig zu fördern. Mittlerweile gilt der 1997 gegründete und mehrfach prämierte Verlag als Spezialist für Neuautoren in Deutschland, Österreich und der Schweiz.

Für jedes neue Manuskript wird innerhalb weniger Wochen eine kostenfreie, unverbindliche Lektorats-Prüfung erstellt.

Weitere Informationen zum Verlag und seinen Büchern finden Sie im Internet unter:

www.novumverlag.com

novum VERLAG FÜR NEUAUTOREN

Bewerten Sie dieses Buch auf unserer Homepage!

www.novumverlag.com